Harry Potter

19

Harry Potter and
the Deathly Hallows

ハリー・ポッターと
死の秘宝

7-3

J.K.ローリング

松岡佑子＝訳

WIZARDING WORLD

静山社

The
dedication
of this book
is split
seven ways:
to Neil,
to Jessica,
to David,
to Kenzie,
to Di,
to Anne,
and to you,
if you have
stuck
with Harry
until the
very
end.

この
物語を
七つに
分けて
捧げます。
ニールに
ジェシカに
デイビッドに
ケンジーに
ダイに
アンに
そしてあなたに。
もしあなたが
最後まで
ハリーに
ついてきて
くださったの
ならば。

おお、この家を苦しめる業《こう》の深さ、
そして、調子はずれに、破滅がふりおろす
血ぬれた刃、
おお、呻きをあげても、堪えきれない心の煩《わずら》い、
おお、とどめようもなく続く責苦《せめく》。

この家の、この傷を切り開き、膿《うみ》をだす
治療の手だては、家のそとにはみつからず、
ただ、一族のものたち自身が、血を血で洗う
狂乱の争いの果てに見出すよりほかはない。
この歌は、地の底の神々のみが、嘉《よみ》したまう。

いざ、地下にまします祝福された霊たちよ、
ただいまの祈願を聞こし召されて、助けの力を遣わしたまえ、
お子たちの勝利のために。お志を嘉したまいて。

アイスキュロス「供養するものたち」より
（久保正彰訳『ギリシア悲劇全集I』岩波書店）

死とはこの世を渡り逝くことに過ぎない。友が海を渡り行くように。
友はなお、お互いの中に生きている。
なぜなら友は常に、偏在する者の中に生き、愛しているからだ。
この聖なる鏡の中に、友はお互いの顔を見る。
そして、自由かつ純粋に言葉を交わす。
これこそが友であることの安らぎだ。たとえ友は死んだと言われようとも、
友情と交わりは不滅であるがゆえに、最高の意味で常に存在している。

ウィリアム・ペン「孤独の果実」より
（松岡佑子訳）

WIZARDING WORLD

Original Title: HARRY POTTER AND THE DEATHLY HALLOWS

First published in Great Britain in 2007
by Bloomsbury Publishing Plc, 50 Bedford Square, London WC1B 3DP

Japanese edition first published in 2008

This book is published in Japan by arrangement with
the author through The Blair Partnership

ハリー・ポッターと
死の秘宝　7-1

ハリー・ポッターと
死の秘宝　7-2

ハリー・ポッターと
死の秘宝　7-4

第20章　ゼノフィリウス・ラブグッド

ハリーにしても、ハーマイオニーの怒りが一夜にして収まると期待するほど甘くはない。だから翌朝、ハーマイオニーが恐い目つきをしたり当てつけがましく黙り込んだりすることで意思表示をしていても、別に驚きはしない。それに応《こた》えてロンも、ハーマイオニーがいるところでは後悔し続けていることを形に表すために、ロンらしくもない生《き》まじめな態度を守っている。事実、三人でいるとハリーは、会葬者の少ない葬式で、ただ一人、哀悼《あいとう》の意を表していない人間のような気がした。しかしロンは、ハリーと二人だけになる数少ない機会を得ると──水を汲みに行くとか、下生えの間に茸《きのこ》を探すとか──破廉恥《はれんち》なほどに陽気になった。

「だれかが僕たちを助けてくれたんだ」ロンは何度も繰り返す。「その人が、あの牝《め》鹿《じか》をよこしたんだよ。絶対味方がいるんだ。分霊箱《ぶんれいばこ》、一丁上がりだぜ、おい！」

ロケットを破壊したことで意を強くした三人は、ほかの分霊箱の在《あ》り処《か》を話し合いはじめる。これまで何度も話し合ったことではあったが、楽観的になったハリーは、最初の突破口に続いて次々と進展があるにちがいないと感じていた。ハーマイオニーがすねていても、ハリーの高揚した気持ちを損なうことはできなかった。突然運が向いてきたこと、不思議な牝鹿が現れたこと、グリフィンドールの剣《つるぎ》を手に入れたこと、そしてなによりロンが帰ってきた大きな幸福感で、ハリーは、笑顔を見せずにいるのがかなり難しかった。

午後遅く、ハリーはロンと一緒に、不機嫌なハーマイオニーの御前《おんまえ》からまた退出させていただき、クロイチゴの実を探すという口実をつけて、なにもない生け垣の中にありもしない実を漁りながら、引き続き互いのニュースを交換し合う。ハリーはやっと、ゴドリックの谷で起こった詳細を含めて、ハーマイオニーと二人の放浪の旅についてのすべてを話し終え、今度はロンが、二人と離れていた何週間かに知った魔法界全体の動きをハリーに話していた。

「……それで、君たちは、どうやって『禁句《きんく》』のことがわかったんだ?」

マグル生まれたちが魔法省から逃れるために、必死に手を尽くしているという話をしたあとで、ロンがハリーに聞く。

「なんのこと?」

「君もハーマイオニーも、『例のあの人』の名前を言うのをやめたじゃないか!」

「ああ、それか。まあね、悪い癖がついてしまっただけさ」ハリーが答える。「でも、僕は、名前を呼ぶのに問題はないよ。ヴォ――」

「だめだ！」ロンの大声に、ハリーは思わず生け垣に飛び込む。テントの入口で、本に没頭していたハーマイオニーが、恐い顔で二人を睨《にら》む。

「ごめん」ロンは、ハリーをクロイチゴの茂みから引っ張り出しながら謝った。

「でもさ、ハリー、その名前には呪いがかかっているんだ。それで追跡するんだよ。その名前を呼ぶと、保護呪文が破れる。ある種の魔法の乱れを引き起こすんだ――連中はその手で、僕たちをトテナム・コート通りで見つけたんだ！」

「僕たちが、その名前を使ったから？」

「そのとおり！　なかなかやるよな。論理的だ。『あの人』に対して真剣に抵抗しようという者だけが、たとえばダンブルドアだけが、名前で呼ぶ勇気があるんだ。だけど連中がそれを『禁句』にしたから、その名を言えば追跡可能なんだ――騎士団のメンバーを見つけるには早くて簡単な方法さ！　キングズリーも危うく捕まるとこだった――」

「嘘だろ？」

「ほんとさ。死喰い人の一団がキングズリーを追いつめたって、ビルが言ってた。でも、キングズリーは戦って逃げたんだ。いまでは僕たちと同じように、逃亡中だよ」

ロンは杖《つえ》の先で、考え深げに顎《あご》をかく。

「キングズリーが、あの牝鹿《めじか》を送ったとは思わないか？」

「彼の守護霊《しゅごれい》はオオヤマネコだ。結婚式で見たこと、覚えてるだろ？」

「ああ、そうか……」

二人はなおも生け垣に沿って、テントからそしてハーマイオニーから離れるように移動する。

「ハリー……ダンブルドアの可能性があるとは思わないか？」

「ダンブルドアがどうしたって？」

ロンは少しきまりが悪そうだったが、小声で切り出した。

「ダンブルドアが……牝鹿とか？　だってさ……」ロンは、ハリーを横目でじっと見ていた。「本物の剣《つるぎ》を最後に持っていたのはダンブルドアだ。そうだろ？」

ハリーはロンを笑えなかった。質問の裏にあるロンの願いが、痛いほどわかるからだ。ダンブルドアが実はどうにかして三人のところにもどってきて、三人を見守っている。そう考えると、なんとも表現しがたい安心感がわく。しかし、ハリーは首を横に振る。

「ダンブルドアは死んだ」ハリーは言い切る。「僕はその場面を目撃したし、亡骸《なきがら》も見た。まちがいなく逝《い》ってしまったんだ。いずれにせよダンブルドアの守護霊《しゅごれい》は、不死鳥だ。牝鹿《めじか》じゃない」

「だけど、守護霊は変わる、ちがうか？」ロンが抵抗する。「トンクスのは変わった、だろ？」

「ああ。だけど、もしダンブルドアが生きてるなら、どうして姿を現さないんだ？　どうして僕たちに剣《つるぎ》を手渡さないんだ？」

「わかるわけないよ」ロンが返す。「生きているうちに君に剣を渡さなかったのと、同じ理由じゃないかな？　君に古いスニッチを遺《のこ》して、ハーマイオニーには子供の本を遺したのと同じ理由じゃないか？」

「その理由ってなんだ？」ハリーは答え欲しさに、ロンを真正面から見る。

「さあね」ロンが言った。「僕さ、ときどきいらいらしてたまんないときなんかに、ダンブルドアが陰で笑ってるんじゃないかって思うことがあったんだ。それとも――もしかしたら、わざわざ事を難しくしたがってるだけなんじゃないかって。でもいまは、そうは思わない。『灯消《ひけ》しライター』を僕にくれたとき、ダンブルドアにはすべてお見通しだったんだ。そうだろ？　ダンブルドアは――えぇと」

ロンの耳が真っ赤になり、急に足元の草に気を取られたように、爪先でほじりはじめる。

「ダンブルドアは、僕が君を見捨てて逃げ出すことを知ってたにちがいないよ」

「ちがうね」ハリーが訂正する。「ダンブルドアは、君がはじめからずっともどりたいと思い続けるだろうって、わかっていたにちがいないよ」

ロンは救われたような顔をするが、それでもまだきまりが悪そうだった。話題を変える意味もあって、ハリーが言った。

「ダンブルドアと言えば、スキーターがダンブルドアについて書いたこと、なにか耳にしたか？」

「ああ、聞いた」ロンが即座に答える。「みんな、ずいぶんその話をしてるよ。もち、状況がちがえば、すっごいニュースだったろうな。ダンブルドアがグリンデルバルドと友達だったなんてさ。だけどいまは、ダンブルドアを嫌ってた連中が物笑いの種にしてるだけだよ。それと、ダンブルドアをすごくいいやつだと思ってた人にとっちゃ、ちょっと横面を張られたみたいな。だけど、そんなにたいした問題じゃないと思うな。だって、二人は、ダンブルドアがほんとに若いときに――」

「僕たちの年齢だ」

ハリーは、ハーマイオニーに言い返したと同じように言い捨てた。ハリーの表情には、ロンに、この話題を続けないほうがいいと思わせるなにかが表れていた。

クロイチゴの茂みに凍った蜘蛛《くも》の巣があり、その真ん中に大きな蜘蛛がいた。ハリーは、前の晩にロンからもらった杖《つえ》で蜘蛛《くも》に狙いを定める。畏《おそ》れ多くもハーマイオニーさまが、あれから調べてくださった結果、リンボクの木でできていると判断した杖だ。

「エンゴージオ　肥大せよ」蜘蛛はちょっと震え、巣の上で少し跳ねる。ハリーは、もう一度やってみた。今度は蜘蛛が少し大きくなる。

「やめてくれ」ロンが鋭い声を出す。「ダンブルドアが若かったって言って、悪かったよ。もういいだろう？」

ハリーは、ロンが蜘蛛嫌いなのを忘れていた。

「ごめん──レデュシオ　縮め」

蜘蛛は縮まない。ハリーは、あらためてリンボクの杖を見た。その日に試してみた簡単な呪文のどれもが、不死鳥の杖に比べて効きが弱いような気がする。新しい杖は、出しゃばりで違和感がある。自分の腕に、だれかほかの人の手を縫いつけたようだ。

「練習が必要なだけよ」ハーマイオニーが、音もなく二人の背後から近づいて、ハリーが蜘蛛を大きくしたり縮めようとしたりするのを心配そうに見つめている。

「ハリー、要するに自信の問題なのよ」

ハーマイオニーがなぜ杖に問題はないことを願うのか、ハリーにはその理由がわかっている。ハリーの杖を折ったことを、まだ苦にしているようだ。口まで出かかった反論の言葉を、ハリーは呑《の》み込む。なにもちがわないと思うなら、ハーマイオニーがリンボクの杖を持てばいい、代わりに彼女の杖を僕が持つから、と言いたい。しかし、三人の仲が早く元どおりになることを願う気持ちが強かったので、ハリーは逆らわないことにする。ところが、ロンが遠慮がちにハーマイオニーに笑いかけると、ハーマイオニーはつんけんしながら行ってしまい、また本の陰に顔を隠してしまった。

暗くなってきたので、三人はテントにもどり、ハリーが最初に見張りに立つ。入口に座り、ハリーはリンボクの杖で足元の小石を浮上させようとした。しかしハリーの魔法は、相変わらず以前よりぎごちなく、効き目が弱いように思える。ハーマイオニーはベッドに横たわって本を読んでいる。ロンはおどおどしながら、何度もちらちらとハーマイオニーのベッドを見上げていたが、やがてリュックサックから小さな木製のラジオを取り出し、周波数を合わせはじめた。

「一局だけあるんだ」ロンは声を落としてハリーに語りかける。「ほんとのニュースを伝えてるところが。ほかの局は全部『例のあの人』側で、魔法省の受け売りさ。でもこの局だけは……聞いたらわかるよ。すごいんだから。だけど、毎晩は放送できないし、手入れがあるといけないから、しょっちゅう場所を変えないといけないんだ。それに、選局するにはパスワードが必要で……問題は、僕、最後の放送を聞き逃したから……」

ロンは小声で行き当たりばったりの言葉をぶつぶつつぶやきながら、ラジオのてっぺんを杖《つえ》で軽くトントンとたたく。何度もハーマイオニーを盗み見るのは、明らかにハーマイオニーが突然怒り出すことを恐れてのこと。しかしハーマイオニーは、まるでロンなどそこにいないかのように、完全無視だ。十分ほど、ロンはトントンぶつぶつ、ハーマイオニーは本のページをめくり、ハリーはリンボクの杖の練習を続けていた。

やがてハーマイオニーが、ベッドから降りてきた。ロンは、すぐさまトントンをやめる。

「君が気になるなら、僕、すぐやめる！」ロンが、ぴりぴりしながら言う。

ハーマイオニーは、ロンにお応《こた》え召《め》されず、ハリーに近づく。

「お話があるの」ハーマイオニーがハリーに声をかける。ハリーは、ハーマイオニーがまだ手にしたままの本を見る。『アルバス・ダンブルドアの真っ白な人生と真っ赤な嘘』だ。

「なに？」ハリーは心配そうに聞く。

その本にハリーに関する章があるらしいことが、ちらりと脳裏をよぎる。リータ版による自分とダンブルドアとの関係を、聞く気になれるかどうかハリーには自信がない。しかし、ハーマイオニーの答えは、まったく予想外のものだった。

「ゼノフィリウス・ラブグッドに、会いにいきたいの」

ハリーは目を丸くして、ハーマイオニーを見つめた。

「なんて言った？」

「ゼノフィリウス・ラブグッド。ルーナのお父さんよ。会って話がしたいの！」

「あー――どうして？」

ハーマイオニーは意を決したように、深呼吸してから答えた。

「あの印なの。『吟遊詩人《ぎんゆう》ビードル』にある印。これを見て！」

ハーマイオニーは、見たくもないと思っているハリーの目の前に、『アルバス・ダンブルドアの真っ白な人生と真っ赤な嘘』を突き出す。そこには、ダンブルドアがグリンデルバルドに宛てた手紙の写真が載っている。あの見慣れた細長い斜めの文字だ。まちがいなくダンブルドアが書いたものであり、リータのでっち上げではないという証拠を見せつけられるのは、やはりいやだった。

「署名よ」ハーマイオニーが言う。「ハリー、署名を見て！」

ハリーは言われるとおりにする。一瞬、ハーマイオニーがなにを言っているのか、さっぱりわからなかったが、杖灯《つえあか》りをかざしてよく見ると、ダンブルドアは、アルバスの頭文字の「A」の代わりに、『吟遊詩人ビードルの物語』に描かれているのと同じ、三角印のミニチュア版を書いていた。

「えー――君たちなんの話を――？」ロンが恐る恐る聞きかけたところを、ハーマイオニーはひと睨《にら》みで押さえ込み、またハリーに話しかける。

「あちこちに、これが出てくると思わない？」ハーマイオニーが疑問を投げかける。「これはグリンデルバルドの印だと、ビクトールが言ったのはわかっているけど、でも、ゴドリックの谷の古い墓にもまちがいなくこの印があったし、あの墓石は、グリンデルバルドの時代よりずっと前だわ！　それに、今度はこれ！　でもね、これがどういう意味なのか、ダンブルドアにもグリンデルバルドにも聞けないし――グリンデルバルドがまだ生きているかどうかさえ、私は知らないわ――でも、ラブグッドさんなら聞ける。結婚式で、このシンボルを身につけていたんですもの。これは絶対に大事なことなのよ、ハリー！」

ハリーはすぐには答えなかった。やる気十分の、決然としたハーマイオニーの顔を見つめ、それから外の暗闇を見ながら考えた。しばらくして、ハリーが口を開く。

「ハーマイオニー、もうゴドリックの谷の二の舞はごめんだ。自分たちを説得してあそこに行ったけど、その結果――」

「でもハリー、この印は何度も出てくるわ！　ダンブルドアが私に『吟遊詩人《ぎんゆう》ビードルの物語』を遺《のこ》したのは、私たちに、この印のことを調べるようにっていう意味なのよ。ちがう？」

「またか！」ハリーは少し腹が立った。「僕たち、なにかと言うと、ダンブルドアが秘密の印とかヒントを遺してくれたにちがいないって、思い込もうとしている――」

「『灯消《ひけ》しライター』は、とっても役に立ったぜ」ロンがいきなり口を挟む。「僕は、ハーマイオニーが正しいと思うな。僕たち、ラブグッドに会いにいくべきだと思うよ」

ハリーは、ロンを睨《にら》む。ロンがハーマイオニーの味方をするのは、三角のルーン文字の意味を知りたいという気持ちとは無関係の理由からだ。

「ゴドリックの谷みたいには、ならないよ」ロンが続ける。「ラブグッドは、ハリー、君の味方だ。『ザ・クィブラー』は、ずっと君に味方していて、君を助けるべきだって書き続けてる！」

「これは、絶対に大事なことなのよ！」ハーマイオニーが熱を込める。

「でも、もしそうなら、ダンブルドアが、死ぬ前に僕に教えてくれていたと思わないか？」

「もしかしたら……もしかしたら、それは、自分で見つけなければいけないことなのじゃないかしら」

ハーマイオニーの言葉の端に、藁《わら》にもすがる思いが滲《にじ》んでいる。

「なるほど」ロンがへつらうように口を出す。「それで辻褄《つじつま》が合う」

「合わないわ」ハーマイオニーがぴしゃりと否定する。「でも、やっぱりラブグッドさんと話すべきだと思うの。ダンブルドアとグリンデルバルドとゴドリックの谷を結ぶ、シンボルでしょう？　ハリー、まちがいないわ。私たち、これについて知るべきなのよ！」

「これは、多数決で決めるべきだな」ロンが言う。「ラブグッドに会うことに賛成の人――」

ロンの手のほうが、ハーマイオニーより早く挙がった。ハーマイオニーは手を挙げながら、疑わしげに唇をひくひくさせている。

「ハリー、多数決だ。悪いな」ロンはハリーの背中をパンとたたく。

「わかったよ」ハリーはおかしさ半分、いらだち半分で言い返す。「ただし、ラブグッドに会ったら、そのあとは、ほかの分霊箱《ぶんれいばこ》を見つける努力をしよう。いいね？　ところでラブグッドたちは、どこに住んでるんだ？　君たち、知ってるのか？」

「ああ、僕のうちから、そう遠くない所だ」ロンが言う。「正確にはどこだか知らないけど、パパやママが、あの二人のことを話すときは、いつも丘のほうを指さしていた。そんなに苦労しなくても見つかるだろ」

ハーマイオニーがベッドにもどってから、ハリーは声を低くして文句を言う。

「ハーマイオニーの機嫌を取りたいから、賛成しただけなんだろう？」

「恋愛と戦争では、すべてが許される」ロンが朗らかに答えた。「それに、この場合は両方少しずつだ。元気出せ。クリスマス休暇だから、ルーナは家にいるぜ！」

翌朝三人は、オッタリー・セント・キャッチポール村が一望できる風の強い丘陵地に「姿現わし」した。見晴らしのよい地点から眺めると、雲間から地上に斜めに射す大きな光の架け橋の下で、村は、おもちゃの家が集まっているように見える。三人は手をかざして「隠れ穴」の方角を眺め、一分か二分、じっと佇《たたず》む。だが、見えるのは高い生け垣と果樹園の木だけ。そういうもののおかげで、曲りくねった小さな家は、マグルの目から安全に隠されている。

「こんなに近くまできて、家に帰らないのは変な感じだな」ロンが言う。

「あら、ついこの間、みんなに会ったばかりとは思えない言い方ね。クリスマスに家にいたくせに」ハーマイオニーが冷たく返す。

「『隠れ穴』なんかに、いやしないよ！」ロンはまさか、という笑い方をする。「家にもどって、僕は君たちを見捨てて帰ってきました、なんて言えるか？　それこそ、フレッドやジョージは腹を抱えて大喜びしただろうさ。ジニーなんか、目を三角にして心底理解してくれたろうな」

「だって、それじゃ、どこにいたの？」ハーマイオニーが驚いて聞く。

「ビルとフラーの新居。『貝殻《かいがら》の家』だ。ビルは、いままでどんなときも僕をきちんと扱ってくれた。ビルは――ビルは僕のしたことを聞いて、感心はしなかったけど、くだくだ言わなかった。僕が本当に後悔してるってこと、ビルにはわかっていたんだ。ほかの家族は、僕がビルのところにいるなんて、だれも知らなかった。ビルがママに、クリスマスにはフラーと二人っきりで過ごしたいから、家には帰らないって言ったんだ。ほら、結婚してからはじめての休暇だし。フラーも別に、それでかまわなかったと思うよ。だって、セレスティナ・ワーベック嫌いだしね」

ロンは「隠れ穴」に背を向ける。

「ここを行ってみよう」ロンは丘の頂上を越える道を、先に立って歩く。

三人は二、三時間歩いた。ハリーはハーマイオニーの強い意見で、「透明マント」に隠れている。低い丘が続く丘陵地には、一軒の小さなコテージ以外人家はなく、そのコテージにも人影がなかった。

「これが二人の家かしら。クリスマス休暇で出かけたんだと思う？」

窓から覗き込みながらハーマイオニーが問いかける。中はこざっぱりとしたキッチンで、窓辺にはゼラニウムが置いてある。ロンはふんと鼻を鳴らす。

「いいか、僕の直感では、ラブグッドの家なら、窓から覗けば一目でそれだとわかるはずだ。別な丘陵地を探そうぜ」

ロンの意見を取り入れて、三人はそこから数キロ北へ「姿くらまし」した。

「ははーん！」ロンがさけぶ。

風が三人の髪も服もはためかせる。ロンは、三人が現れた丘の一番上を指さす。そこに、世にも不思議な縦長の家が、くっきりと空に向かってそびえている。巨大な黒い塔のような家の背後には、午後の薄明かりの空に、ぼんやりとした幽霊のような月がかかっていた。

「あれがルーナの家にちがいない。ほかにあんな家に住むやつがいるか？　巨大な城だぜ！」

「なに言ってるの？　お城には見えないけど」ハーマイオニーが塔を見て顔をしかめる。

「城は城でもチェスの城《ルーク》さ」ロンが言った。「どっちかって言うと塔だけどね」

一番足の長いロンが、最初に丘のてっぺんに着く。ハリーとハーマイオニーが息を切らし、鳩尾《みずおち》を押さえて追いついたときには、ロンは得意げに笑っていた。

「ずばりあいつらの家だ」ロンが言う。「見てみろよ」

手描きの看板が三枚、壊れた門に止めつけてあった。最初の一枚は「ザ・クィブラー編集長　X・ラブグッド」。二枚目は「ヤドリギは勝手に摘《つ》んでください」。三枚目は「スモモ飛行船に近寄らないでください」と書いてある。

門を開けると、キーキー軋《きし》んだ。玄関までのじぐざぐの道は、さまざまな変わった植物が伸び放題。ルーナがときどきイヤリングにしていた、オレンジ色の蕪《かぶ》のような実がたわわに実る潅木《かんぼく》もある。ハリーはスナーガラフらしきものを見つけ、その萎《しな》びた切り株から十分に距離を取った。玄関の両脇に見張りに立つのは、風に吹きさらされて傾いた豆リンゴの古木が二本。葉は全部落ちているが、小さな赤い実がびっしりと実り、白いビーズ玉をつけたもじゃもじゃのヤドリギをいくつも冠のように戴《いただ》いて重そうだ。鷹のように頭のてっぺんが少しひしゃげた小さなふくろうが一羽、枝に止まって三人をじっと見下ろしている。

「ハリー、『透明マント』を取ったほうがいいわ」ハーマイオニーが言う。「ラブグッドさんが助けたいのは、私たちじゃなくて、あなたなんだから」

ハリーは言われたとおりにして、ハーマイオニーにマントを渡し、ビーズバッグにしまってもらった。それからハーマイオニーは、厚い黒い扉を三度ノックする。扉には鉄釘が打ちつけてあり、ドアノッカーは鷲の形をしている。

ものの十秒も経たないうちに、扉がぱっと開き、そこにゼノフィリウス・ラブグッドが立っていた。裸足で、汚れたシャツ型の寝巻きのようなものを着ている。綿菓子のような長くて白い髪は、汚れてくしゃくしゃだ。ビルとフラーの結婚式のゼノフィリウスは、これに比べれば確実にめかし込んでいたと言える。

「なんだ？　何事だ？　君たちはだれだ？　なにしにきた？」

ゼノフィリウスはかん高いいらだった声でさけび、最初にハーマイオニーを、次にロンを、そして最後にハリーを見る。とたんに口がぱっくり開き、完璧で滑稽《こっけい》な「O」の形になった。

「こんにちは、ラブグッドさん」ハリーは手を差し出す。「僕、ハリーです。ハリー・ポッターです」

ゼノフィリウスは、握手をしなかった。しかし、斜視でないほうの目が、ハリーの額《ひたい》の傷痕《きずあと》へと走る。

「中に入ってもよろしいでしょうか？」ハリーがたずねる。「お聞きしたいことがあるのですが」

「そ……それはどうかな」ゼノフィリウスは、ささやくような声で言う。そしてごくりと唾を飲み、さっと庭を見回す。「衝撃と言おうか……なんということだ……私は……私は、残念ながらそうするべきではないと――」

「お時間は取らせません」ハリーは、この温かいとは言えない対応に、少し失望した。

「私は――まあ、いいでしょう。入りなさい。急いで。急いで！」

敷居をまたぎ切らないうちに、ゼノフィリウスは扉をバタンと閉める。そこは、ハリーがこれまで見たこともない、へんてこなキッチンだった。完全な円形の部屋で、まるで巨大な胡椒《こしょう》入れの中にいるような気がする。なにもかも、ガスレンジも流し台も、食器棚も全部が壁にぴったりはまるような曲線になっている。それに、すべてにあざやかな原色で花や虫や鳥の絵が描いてある。ハリーはルーナ好みだと思ったが、こういう狭い空間では、やや極端すぎる効果が出ている気がする。

床の真ん中から上階に向かって、錬鉄《れんてつ》の螺旋《らせん》階段が伸びている。上からはガチャガチャ、バンバンとにぎやかな音が聞こえている。いったいルーナはなにをしているのだろう。

「上に行ったほうがいい」ゼノフィリウスは、相変わらずひどく落ち着かない様子で、先に立って案内する。

二階は居間と作業場を兼ねたようなところで、そのためキッチン以上にごちゃごちゃしている。『上級魔法薬』を隠した「必要の部屋」を彷彿《ほうふつ》とさせた。部屋が、何世紀にもわたって隠された品々で埋まった巨大な迷路に変わったときの、あの忘れられない光景だ。もっとも、ここはあの部屋よりは小さく、完全な円筒形ではあったが、本や書類がありとあらゆる平面に積み上げられている。その上、天井からは、ハリーにはなんだかわからない生き物の精巧な模型が、羽ばたいたり顎《あご》をぱくぱく動かしたりしながらぶら下がっていた。ルーナはいなかった。さきほどからやかましい音を出しているものは、歯車や回転盤が魔法で回っている木製の物体だ。作業台と古い棚を一組くっつけた奇想天外な作品に見えたが、しばらくしてハリーは、それが旧式の印刷機だと判断した。「ザ・クィブラー」がどんどん刷り出されている。

「失礼」ゼノフィリウスはその機械につかつかと近づき、膨大な数の本や書類の載ったテーブルから汚らしいテーブルクロスを抜き取って——本も書類も全部床に転がり落ちた——印刷機にかぶせる。ガチャガチャバンバンの騒音は、それで少し抑えられた。ゼノフィリウスは、あらためてハリーを見る。

「どうしてここにきたのかね？」

ところがハリーが口を開くより前に、ハーマイオニーが驚いて小さなさけび声を上げた。

「ラブグッドさん——あれはなんですか？」

指さしていたのは、壁に取りつけられた螺旋《らせん》状の巨大な灰色の角《つの》で、一角獣《ユニコーン》のものと言えなくもなかったが、壁から一メートルほども突き出している。

「しわしわ角《づの》スノーカックの角だが」ゼノフィリウスが言った。

「いいえ、ちがいます！」ハーマイオニーが否定する。

「ハーマイオニー」ハリーは、ばつが悪そうに小声で諫《いさ》めるように言う。「いまはそんなことを――」

「でも、ハリー、あれはエルンペントの角《つの》よ！　取引可能品目Bクラス、危険物扱いで、家の中に置くには危険すぎる品だわ！」

「どうしてエルンペントの角だって、わかるんだ？」

ロンは、そう言いながら身動きもままならないほど雑然とした部屋の中を、できるだけ急いで角から離れる。

「『幻の動物とその生息地』に説明があるわ！　ラブグッドさん、すぐにそれを捨てないと。ちょっとでも触れたら爆発するかもしれないって、ご存知ではないんですか？」

「しわしわ角スノーカックは」ゼノフィリウスは、てこでも動かない顔ではっきり言った。「恥ずかしがり屋で、高度な魔法生物だ。その角は――」

「ラブグッドさん、角のつけ根に溝が見えます。あれはエルンペントの角で、信じられないくらい危険なものです――どこで手に入れられたかは知りませんが――」

「買いましたよ」ゼノフィリウスは、だれがなんと言おうと譲らない勢いだ。「二週間前、私がスノーカックというすばらしい生物に興味があることを知った、気持ちのよい若い魔法使いからだ。クリスマスにルーナをびっくりさせてやりたくてね。さて――」

ゼノフィリウスはハリーに向きなおる。

「ミスター・ポッター、いったい、どういう用件でこられたのかな?」

「助けていただきたいんです」ハーマイオニーがまたなにか言い出す前に、ハリーは答えた。

「ああ、助けね。ふむ」ゼノフィリウスが言う。斜視でないほうの目が、またハリーの傷痕《きずあと》へと動いた。怯《おび》えながら、同時に魅入られているようにも見える。「そう。問題は……ハリー・ポッターを助けること……かなり危険だ……」

「ハリーを助けることが第一の義務だって、みんなに言っていたのはあなたじゃないですか?」ロンが言い返す。「あなたのあの雑誌で?」

ゼノフィリウスは、テーブルクロスに覆われてもまだやかましく動いている印刷機を、ちらりと振り返る。

「あ――そうだ。そういう意見を表明してきた。しかし――」

「――ほかの人がすることで、あなた自身ではないってことですか?」ロンが追い討ちをかけた。

ゼノフィリウスはなにも答えない。唾を何度も飲み込み、目が三人の間をすばやく往《い》ったりきたりしている。ハリーは、ゼノフィリウスが心の中でなにか必死にもがいているような感じを受けた。

「ルーナはどこかしら？」ハーマイオニーが聞く。「ルーナがどう思うか聞きましょうよ」

ゼノフィリウスは、あらためてごくりと大きく唾を飲む。覚悟を固めているように見える。しばらくしてやっと、印刷機の音にかき消されて聞き取りにくいほどの震え声で、答えが返ってきた。

「ルーナは川に行っている。川プリンピーを釣りに。ルーナは……君たちに会いたいだろう。呼びに行ってこよう。それから――そう、よろしい。君を助けることにしよう」

ゼノフィリウスは螺旋《らせん》階段を下りて、姿を消す。玄関の扉が開いて、閉まる音が聞こえた。三人は顔を見合わせる。

「臆病者のくそちびめ」ロンが言い捨てる。「ルーナのほうが十倍も肝が太いぜ」

「僕がここにきたことが死喰い人に知れたら、自分たちはどうなるかって、たぶんそれを心配してるんだろう」ハリーが受ける。

「そうねぇ、私はロンと同じ意見よ」ハーマイオニーが言う。「偽善者もいいとこだわ。ほかの人にはあなたを助けるように言っておきながら、自分自身はこそこそ逃げ出そうとするなんて。それに、お願いだから、その角《つの》から離れてちょうだい」

ハリーは、部屋の反対側にある窓に近寄る。ずっと下のほうに川が見える。丘の麓《ふもと》を、光るリボンのように細く流れている。この家は、ずっと高いところにある。ハリーは「隠れ穴」の方角をじっと見つめた。すると、窓の外を鳥が羽ばたいて通り過ぎた。「隠れ穴」は、別の丘の稜線の向こうで、ここからは見えない。ジニーは、どこかあのあたりにいる。ビルとフラーの結婚式以来で二人は一番近くにいるのに、自分がいまジニーのことを考えながら、その方向を眺めていることをジニーは知る由《よし》もない。そのほうがいいと思うべきなのだ。自分が接触した人は、みな危険にさらされるのだから。ゼノフィリウスの態度がいい証拠だ。

窓から目を離すと、ハリーの目に、別の奇妙なものが飛び込んできた。壁に沿って曲線を描く、ごたごたした戸棚の上に置かれている石像だ。美しいが厳《いか》めしい顔つきの魔女の像が、世にも不思議な髪飾りをつけている。髪飾りの両脇から、金のラッパ型補聴器のようなものが飛び出ている。小さなキラキラ光る青い翼が一対、頭のてっぺんを通る革紐《かわひも》に差し込まれ、オレンジ色の蕪《かぶ》が一つ、額《ひたい》に巻かれたもう一本の紐に差し込まれている。

「これを見てよ」ハリーが言った。

「ぐっとくるぜ」ロンが答える。「結婚式になんでこれを着けてこなかったのか、謎だな」

玄関の扉が閉まる音がして、まもなくゼノフィリウスが、螺旋《らせん》階段を上って部屋にもどってきた。細い両足をゴム長に包み、バラバラなティーカップをいくつかと、湯気を上げたティーポットの載った盆を持っている。

「ああ、私のお気に入りの発明を見つけたようだね」

盆をハーマイオニーの腕に押しつけたゼノフィリウスは、石像のそばに立っているハリーのところに行く。

「まさに打ってつけの、麗《うるわ》しのロウェナ・レイブンクローの頭をモデルに制作した。計り知れぬ英知こそ、われらが最大の宝なり！」

ゼノフィリウスは、ラッパ型補聴器のようなものを指さす。

「これはラックスパート吸い上げ管だ——思考する者の身近にあるすべての雑念の源を取り除く。これは」今度は小さな翼を指さす。「ビリーウィグのプロペラで、考え方や気分を高揚させる。きわめつきは」オレンジの蕪《かぶ》を指す。「スモモ飛行船だ。異常なことを受け入れる能力を高めてくれる」

ゼノフィリウスは、大股《おおまた》で盆のほうにもどる。ハーマイオニーは盆をごちゃごちゃしたサイドテーブルの一つに載せて、なんとかバランスを保っていた。

「ガーディルートのハーブティーはいかがかな？」ゼノフィリウスが勧める。「自家製でね」

赤蕪のような赤紫色の飲み物を注ぎながら、ゼノフィリウスが言葉を続けた。

「ルーナは『端《はし》の橋《はし》』の向こうにいる。君たちがいると聞いて興奮しているよ。おっつけくるだろう。我々全員分のスープを作るぐらいのプリンピーを釣っていたからね。さあ、掛けて、砂糖は自分で入れてくれ」

「さてと――」ゼノフィリウスは、肘掛椅子《ひじかけいす》の上でぐらぐらしていた書類の山を降ろして腰掛け、ゴム長履《ば》きの足を組んだ。「ミスター・ポッター、なにをすればよいのかな？」

「えぇと」ハリーはちらりとハーマイオニーを見た。ハーマイオニーは、がんばれというようにうなずく。「ラブグッドさん、ビルとフラーの結婚式に、あなたが首から下げていた印のことですけど。あれに、どういう意味があるのかと思って」

ゼノフィリウスは、両方の眉《まゆ》を吊り上げた。

「『死の秘宝』の印のことかね？」

第21章　三人兄弟の物語

ハリーは、ロンとハーマイオニーを見る。どちらも、ゼノフィリウスの言ったことが理解できなかったようだ。

「死の秘宝？」

「そのとおり」ゼノフィリウスがうなずく。「聞いたことがないのかね？　まあそうだろうね。信じている魔法使いはほとんどいない。君の兄さんの結婚式にいた、あのたわけた若者がいい証拠だ」ゼノフィリウスは、ロンに顔を向ける。「悪名高い闇の魔法使いの印を見せびらかしていると言って、私を攻撃した！　無知も甚《はなは》だしい。秘宝には闇の『や』の字もない――少なくとも、一般的に使われている単純な闇の意味合いはない。あのシンボルは、ほかの信奉者が『探求』を助けてくれることを望んで、自分が仲間であることを示すために使われるだけのことだ」

ゼノフィリウスは、ガーディルートのハーブティーに角砂糖をいくつか入れてかき回し、一口飲む。

「すみませんが」ハリー正直に言う。「僕には、まだよくわかりません」

ハリーも失礼にならないようにと一口飲んだが、思わず吐《は》き出しそうになる。鼻くそ味の百味ビーンズを液体にしたような、むかむかするひどい味だ。

「そう、いいかね、信奉者たちは、『死の秘宝』を求めているのだ」

ゼノフィリウスは、ガーディルート・ティーがいかにもうまいとばかりに、舌鼓《したつづみ》を打つ。

「でも、『死の秘宝』って、いったいなんですか？」ハーマイオニーが聞いた。

ゼノフィリウスは、空になったカップを横に置く。

「君たちは、『三人兄弟の物語』をよく知っているのだろうね？」

ハリーは「いいえ」と返事をするが、ロンとハーマイオニーは同時に「はい」と答えた。

ゼノフィリウスは重々しくうなずく。

「さてさて、ミスター・ポッター、すべては『三人兄弟の物語』から始まる……どこかにその本があるはずだが……」ゼノフィリウスは漠然と部屋を見回し、羊皮紙《ようひし》や本の山に目を遣《や》ったが、ハーマイオニーが「ラブグッドさん、私がここに持っています」と、小さなビーズバッグから『吟遊《ぎんゆう》詩人ビードルの物語』を引っ張り出した。

「原書かね？」ゼノフィリウスは鋭く聞き、ハーマイオニーがうなずくと、「さあ、それじゃ、声を出して読んでみてくれないか？　みんなが理解するためには、それがいちばんよい」と促した。

「あっ……わかりました」

ハーマイオニーは、緊張したように答えて本を開く。ハーマイオニーが小さく咳《せき》ばらいをして読みはじめたとき、ハリーはそのページの一番上に、自分たちが調べている印がついているのに気づいた。

「昔々のこと、三人の兄弟がさびしい曲りくねった道を、夕暮れ時に旅していました――」

「真夜中だよ。ママが僕たちに話して聞かせるときは、いつもそうだった」

両腕を頭の後ろに回し、体を伸ばして聞いていたロンが異を唱える。ハーマイオニーは、邪魔しないで、という目つきでちらりとロンを見る。

「ごめん、真夜中のほうが、もうちょっと不気味だろうと思っただけさ！」

「うん、そりゃあ、僕たちの人生には、もうちょっと恐怖が必要だしな」ハリーは思わず口走る。

ゼノフィリウスは心ここにあらずといった様子で、窓の外の空を見つめている。

「ハーマイオニー、続けてよ」

「やがて兄弟は、歩いては渡れないほど深く、泳いで渡るには危険すぎる川に着きました。でも三人は魔法を学んでいたので、杖《つえ》を一振りしただけでその危なげな川に橋を架けました。半分ほど渡ったところで三人は、フードをかぶった何者かが行く手を塞いでいるのに気がつきました」

「そして、『死』が三人に語りかけました——」

「ちょっと待って」ハリーが口を挟む。「『死』が語りかけたって？」

「お伽噺《とぎばなし》なのよ、ハリー」

「そうか、ごめん。続けてよ」

「そして、『死』が三人に語りかけました。三人の新しい獲物にまんまとしてやられてしまったので、『死』は怒っていました。というのも、旅人はたいてい、その川で溺《おぼ》れ死んでいたからです。でも『死』は狡猾《こうかつ》でした。三人の兄弟が魔法を使ったことを誉めるふりをしました。そして、『死』を免れるほど賢い三人に、それぞれ褒美《ほうび》をあげると言いました」

「一番上の兄は戦闘好きでしたから、存在するどの杖よりも強い杖をくださいと言いました。決闘すれば必ず持ち主が勝つという、『死』を克服した魔法使いにふさわしい杖を要求したのです！　そこで『死』は、川岸のニワトコの木まで歩いていき、下がっていた枝から一本の杖を作り、それを一番上の兄に与えました」

「二番目の兄は、傲慢《ごうまん》な男でしたから、『死』をもっと辱《はずかし》めてやりたいと思いました。そこで、人々を『死』から呼びもどす力を要求しました。すると『死』は、川岸から一個の石を拾って二番目の兄に与え、こう言いました。この石は死者を呼びもどす力を持つであろう」

「さて次に、『死』は一番下の弟になにが欲しいかとたずねました。三番目の弟は、兄弟の中で一番謙虚で、しかも一番賢い人でした。そして、『死』を信用していませんでした。そこでその弟は、『死』に跡を追けられずに、その場から先に進むことができるようなものが欲しいと言いました。そこで『死』はしぶしぶ、自分の持ち物の『透明マント』を与えました」

「『死』が『透明マント』を持っていたの？」ハリーはまた口を挟んだ。

「こっそり人間に忍び寄るためさ」すぐにロンが答える。「両腕をひらひら振って、さけびながら走って襲いかかるのに飽きちゃうこともあってさ……あっ、ごめん、ハーマイオニー」

「それから『死』は、道を開けて三人の兄弟が旅を続けられるようにしました。三人はいましがたの冒険の不思議さを話し合い、『死』の贈り物に感嘆しながら旅を続けました」

「やがて三人は別れて、それぞれの目的地に向かいました」

「一番上の兄は、一週間ほど旅をして遠い村に着き、争っていた魔法使いを探し出しました。『ニワトコの杖《つえ》』が武器ですから、当然、その後に起こった決闘に勝たないわけはありません。死んで床に倒れている敵を置き去りにして、一番上の兄は旅籠《はたご》に行き、そこで『死』そのものから奪った強力な杖について大声で話し、自分は無敵になったと自慢しました」

「その晩のことです。一人の魔法使いが、ワインに酔いつぶれて眠っている一番上の兄に忍び寄りました。その盗人は杖を奪い、ついでに一番上の兄の喉《のど》をかき切りました」

「そうして『死』は、一番上の兄を自分のものにしました」

「一方、二番目の兄は、一人暮らしをしている自分の家にもどりました。そこですぐに死人を呼びもどす力のある石を取り出し、手の中で三度回しました。驚いたことに、そしてうれしいことに、若くして死んだ、その昔結婚を夢見た女性の姿が現れました」

「しかし、彼女は悲しそうで冷たく、二番目の兄とはベールで仕切られているかのようでした。この世にもどってはきたものの、その女性は完全にはこの世になじめずに苦しみました。二番目の兄は、望みのない思慕で気も狂わんばかりになり、彼女と本当に一緒になるために、とうとう自らの命を絶ちました」

「そうして『死』は、二番目の兄を自分のものにしました」

「しかし三番目の弟は、『死』が何年探しても、けっして見つけることができませんでした。三番目の弟は、とても高齢になったときに、ついに『透明マント』を脱ぎ、息子にそれを与えました。そして三番目の弟は、『死』を古い友人として迎え、喜んで『死』とともに行き、同じ仲間として、一緒にこの世を去りましたとさ」

ハーマイオニーは本を閉じた。ゼノフィリウスは、ハーマイオニーが読み終えたことにもすぐには気づかず、少しの間を置いてから、はっとしたように窓を見つめていた視線を外し、口を開いた。

「まあ、そういうことだ」

「え？」ハーマイオニーは戸惑ったような声を出す。

「それらが、『死の秘宝』だよ」ゼノフィリウスが素気なく答える。

そして、肘《ひじ》のところにある散らかったテーブルから羽根ペンを取り、積み重ねられた本の山の中から破れた羊皮紙《ようひし》を引っ張り出した。

「ニワトコの杖《つえ》」ゼノフィリウスは、羊皮紙に縦線をまっすぐ一本引く。「蘇《よみがえ》りの石」と言いながら縦線の上に円を描き足し、「透明マント」と言いながら、縦線と円とを三角で囲んで、ハーマイオニーの関心を引いていたシンボルを描き終えた。

「三つを一緒にして」ゼノフィリウスが言う。「死の秘宝」

「でも、『死の秘宝』という言葉は、物語のどこにも出てきません」

ハーマイオニーが問いただす。

「それは、もちろんそうだ」

ゼノフィリウスは、腹立たしいほど取り澄《す》ました顔をしている。

「それは子供のお伽噺《とぎばなし》だから、知識を与えるというより楽しませるように語られている。しかし、こういうことを理解している我々の仲間には、この昔話が、三つの品、つまり『秘宝』に言及していることがわかるのだ。もし三つを集められれば、持ち主は死を制する者となるだろう」

一瞬の沈黙が訪れ、その間にゼノフィリウスは窓の外をちらりと窺《うかが》う。太陽はもう西に傾いている。

「ルーナはまもなく、十分な数のプリンピーを捕まえるはずだ」ゼノフィリウスが低い声で言う。

「『死を制する者』っていうのは――」ロンが口を開いた。

「制する者」ゼノフィリウスは、どうでもよいというふうに手を振る。「征服者。勝者。言葉はなんでもよい」

「でも、それじゃ……つまり……」

ハーマイオニーがゆっくりと言葉を継ぐ。疑っていることが少しでも声に表れないように努力している、とハリーにはわかる。

「あなたは、それらの品――『秘宝』――が実在すると信じているのですか?」

ゼノフィリウスは、また眉《まゆ》を吊り上げた。

「そりゃあ、もちろんだ」

「でも、ラブグッドさん、どうして信じられるのかしら――?」その声でハリーは、ハーマイオニーの抑制が効かなくなりはじめているのを感じた。

「お嬢さん、ルーナが君のことをいろいろ話してくれたよ」ゼノフィリウスが言う。「君は知性がないわけではないとお見受けするが、気の毒なほど想像力がかぎられている。偏狭《へんきょう》で頑迷《がんめい》だ」

「ハーマイオニー、あの帽子を試してみるべきじゃないかな」ロンがばかばかしい髪飾りを顎《あご》でしゃくる。笑い出さないようにこらえる辛《つら》さで、声が震えている。

「ラブグッドさん」ハーマイオニーがもう一度聞く。「『透明マント』の類が存在することは、私たち三人とも知っています。珍しい品ですが、たしかに存在します。でも――」

「ああ、しかし、ミス・グレンジャー、三番目の秘宝は本物の『透明マント』なのだ! つまり、旅行用のマントに『目くらまし術』をしっかり染み込ませたり、『眩惑《げんわく》の呪い』をかけたりした品じゃない。葉隠《はがく》れ獣《じゅう》の毛で織ったものでもない。これらの織物は、はじめのうちこそ隠してくれるが、何年か経つと色褪《いろあ》せて半透明になってしまう。本物のマントは、着るとまちがいなく完全に透明にしてくれるし、永久に長持ちする。どんな呪文をかけても見通せないし、いつもまちがいなく隠してくれる。ミス・グレンジャー、そういうマントをこれまで何枚見たかね？」

ハーマイオニーは答えようとして口を開くが、ますます当惑したような顔でそのまま閉じる。ハリーたち三人は顔を見合わせた。ハリーは、みなが同じことを考えていると思った。この瞬間、ゼノフィリウスがたったいま説明してくれたマントと寸分違《たが》わぬ品が、この部屋に、しかも自分たちの手にある。

「そのとおり」

ゼノフィリウスは、論理的に三人を言い負かしたという調子で続ける。

「君たちはそんな物を見たことがない。持ち主はそれだけで、計り知れないほどの富を持つと言えるだろう。ちがうかね？」

ゼノフィリウスは、また窓の外をちらりと見る。空はうっすらとピンクに色づいていた。

「それじゃ」ハーマイオニーは落ち着きを失っていた。「その『マント』は実在するとしましょう……ラブグッドさん、石のことはどうなるのですか？　あなたが『蘇《よみがえ》りの石』と呼ばれた、その石は？」

「どうなるとは、どういうことかね？」

「あの、どうしてそれが現実のものだと言えますか？」

「そうじゃないと証明してごらん」ゼノフィリウスが逆手を取ってきた。

ハーマイオニーは憤慨した顔をする。

「そんな――失礼ですが、そんなこと愚《ぐ》の骨頂《こっちょう》だわ！　実在しないことをいったいどうやって証明できるんですか？　たとえば、私が石を――世界中の石を集めてテストすればいいとでも？　つまり、実在を信ずる唯一の根拠が、その実在を否定できないということなら、なんだって実在すると言えるじゃないですか！」

「そう言えるだろうね」ゼノフィリウスが意を得たとばかりに言う。「君の心が少し開いてきたようで、喜ばしい」

「それじゃ、『ニワトコの杖《つえ》』は」ハーマイオニーが反論する前に、ハリーが急いで聞く。「それも実在すると思われますか？」

「ああ、まあ、この場合は、数え切れないほどの証拠がある」ゼノフィリウスが答える。「秘宝の中でも『ニワトコの杖』は最も容易に跡を追える。杖が手から手へと渡る方法のせいだがね」

「その方法って？」ハリーが勢い込む。

「その方法とは、真に杖の所持者となるためには、その前の持ち主から杖を奪わなければならないということだ。『極悪人エグバート』が『悪人エメリック』を虐殺して杖を手に入れた話は、もちろん聞いたことがあるだろうね？　ゴデロットが、息子のヘレワードに杖を奪われて、自宅の地下室で死んだ話も？　あの恐ろしいロクシアスが、バーナバス・デベリルを殺して、杖を手に入れたことも？　『ニワトコの杖』の血の軌跡は、魔法史のページに点々と残っている」

ハリーはハーマイオニーをちらりと見る。顔をしかめてゼノフィリウスを見てはいるが、ハーマイオニーは反対を唱えない。

「それじゃ、『ニワトコの杖』は、いまどこにあるのかなぁ？」ロンが聞いた。

「嗚呼《ああ》、たれぞ知るや？」ゼノフィリウスは窓の外を眺めながら答えた。「『ニワトコの杖』がどこに隠されているか、だれが知ろう？　アーカスとリビウスのところで、跡が途絶えているのだ。ロクシアスを打ち負かして杖を手に入れたのがどちらなのか、だれが知ろう？　そのどちらかを、また別のだれが負かしたかもしれぬと、だれが知ろう？　歴史は、嗚呼《ああ》、語ってくれぬ」

一瞬の沈黙の後、ハーマイオニーが切り口上に質問した。

「ラブグッドさん、ペベレル家と『死の秘宝』は、なにか関係がありますか？」

ゼノフィリウスは度肝を抜かれた顔をし、ハリーは記憶の片隅が揺すぶられた。しかし、ハリーにはそれがなんなのか、はっきりとは思い出せない。ペベレル……どこかで聞いた名前だ……。

「なんと、お嬢さん、私はいままで勘違いをしていたようだ！」

ゼノフィリウスは椅子にしゃんと座りなおし、驚いたように目玉をぎょろぎょろさせてハーマイオニーを見ている。

「君を『秘宝の探求』の初心者とばかり思っていた！　探求者たちの多くは、ペベレルこそ『秘宝』のすべてを――すべてを――にぎっていると考えている！」

「ペベレルってだれ？」ロンが聞く。

「ゴドリックの谷に、その印がついた墓石があったの。その墓の名前よ」ゼノフィリウスをじっと見たまま、ハーマイオニーが答える。「イグノタス・ペベレル」

「いかにもそのとおり！」ゼノフィリウスは、ひとくさり論じたそうに人差し指を立てた。「イグノタスの墓の『死の秘宝』の印こそ、決定的な証拠だ！」

「なんの？」ロンが聞いた。

「これはしたり！　物語の三兄弟とは実在するペベレル家の兄弟、アンチオク、カドマス、イグノタスであるという証拠だ！　三人が秘宝の最初の持ち主たちだという証拠なのだ！」

またしても窓の外に目を走らせると、ゼノフィリウスは立ち上がって盆を取り上げ、螺旋《らせん》階段に向かう。

「夕食を食べていってくれるだろうね？」

ふたたび階下に姿を消したゼノフィリウスの声が聞こえてくる。

「だれでも必ず、川プリンピースープのレシピを聞くんだよ」

「たぶん、聖マンゴの中毒治療科に見せるつもりだぜ」ロンがこっそり言う。

ハリーは、下のキッチンでゼノフィリウスが動き回る音が聞こえてくるのを待って、口を開く。

「どう思う？」ハーマイオニーに聞いた。

「ああ、ハリー」ハーマイオニーはうんざりしたように言う。「ばかばかしいの一言よ。あの印の本当の意味が、こんな話のはずはないわ。ラブグッド独特のへんてこな解釈にすぎないのよ。時間のむだだったわ」

「『しわしわ角《づの》スノーカック』を世に出したやつの、いかにも言いそうなことだぜ」

ロンも賛同する。

「君も信用していないんだね？」ハリーがロンに聞く。

「ああ、あれは、子供たちの教訓になるようなお伽噺《とぎばなし》の一つだろ？『君子危うきに近寄らず、けんかはするな、寝た子を起こすな！目立つな、余計なお節介を焼くな、それで万事オッケー』。そう言えば――」ロンが言葉を続ける。「ニワトコの杖《つえ》が不幸を招くって、あの話からきてるのかもな」

「なんの話だ？」

「迷信の一つだよ。『真夏生まれの魔女は、マグルと結婚する』、『朝《あした》に呪えば、夕べには解ける』『ニワトコの杖《つえ》、永久《とこしえ》に不幸』。聞いたことがあるはずだ。僕のママなんか、迷信どっさりさ」

「ハリーも私も、マグルに育てられたのよ」ハーマイオニーがロンの勘違いを正す。「私たちの教えられた迷信はちがうわ」

そのときキッチンからかなりの刺激臭が漂ってきて、ハーマイオニーは深いため息をついた。ゼノフィリウスにいらいらさせられたおかげで、ハーマイオニーがロンへのいらだちを忘れてしまったのは、幸いだ。

「でも、あなたの言うとおりだと思うわ」ハーマイオニーがロンに話しかける。「単なる道徳話なのよ。どの贈り物が一番よいかは明白だわ。どれを選ぶべきかと言えば――」

三人が同時に声を出す。ハーマイオニーは「マント」、ロンは「杖」、そしてハリーは「石」と言った。

三人は、驚きとおかしさが半々で顔を見合わせる。

「『マント』と答えるのが正解だろうとは思うけど――」ロンがハーマイオニーに言う。「でも、杖があれば、透明になる必要はないんだぜ。『無敵の杖』だよ、ハーマイオニー、しっかりしろよ！」

「僕たちにはもう、『透明マント』があるんだよ」ハリーが言った。

「それに私たち、マントにはずいぶん助けられたわ。お忘れじゃないでしょうね！」ハーマイオニーもハリーを支持する。「ところが杖は、まちがいなく面倒を引き起こす運命――」

「――大声で宣伝すれば、だよ」ロンが反論する。「まぬけならってことさ。杖を高々と掲げて振り回しながら踊り回って、歌うんだ。『無敵の杖を持ってるぞ、勝てると思うならかかってこい』なんてさ。口にチャックしておけば――」

「ええ、でも口にチャックしておくなんて、できるかしら？」ハーマイオニーは疑わしげに言う。「あのね、ゼノフィリウスの話の中で、真実はたった一つ、何百年にもわたって、強力な杖に関するいろいろの話があったということよ」

「あったの？」ハリーが聞いた。

ハーマイオニーはひどくいらだたしい顔でうなずく。それがいかにもハーマイオニーらしい憎めない顔だったので、ハリーとロンは顔を見合わせてにやりとする。

「『死の杖』、『宿命の杖』、そういうふうに名前のちがう杖が、何世紀にもわたってときどき現れるわ。たいがい闇の魔法使いの持つ杖で、持ち主が杖の自慢をしているの。ビンズ先生が何度かお話しされたわ――でも――ええ、すべてナンセンス。杖の力は、それを使う魔法使いの力次第ですもの。魔法使いの中には、自分の杖《つえ》がほかのより大きくて強いなんて、自慢したがる人がいるというだけよ」

「でも、こうは考えられないか？」ハリーが言う。「そういう杖は――『死の杖』とか『宿命の杖』だけど――同じ杖が、何世紀にもわたって、名前を変えて登場するって」

「おい、そいつらは全部、『死』が作った本物の『ニワトコの杖』だってことか？」ロンが確認するように聞く。

ハリーは笑った。ふと思いついた考えだったが、結局ありえないと思ったからだ。ヴォルデモートに空中追跡されたあの晩、ハリーの杖がなにをしたにしても、あの杖は柊《ひいらぎ》でニワトコではなかったし、オリバンダーが作った杖だ。ハリーはそう自分に言い聞かせる。それに、もしハリーの杖が無敵だったとしたら、折れてしまうわけがない。

「それじゃ、君はどうして石を選ぶんだ？」ロンがハリーに聞く。

「うーん、もしそれで呼びもどせるなら、シリウスも……マッド-アイも……ダンブルドアも……僕の両親も……」

ロンもハーマイオニーも笑わなかった。

「でも、『吟遊《ぎんゆう》詩人ビードルの物語』では、死者はもどりたがらないということだったよね？」いま聞いたばかりの話を思い出しながら、ハリーが続ける。「ほかにも、石が死者を蘇《よみがえ》らせる話がたくさんあるってわけじゃないだろう？」ハリーはハーマイオニーに聞いた。

「ないわ」ハーマイオニーが悲しそうに答える。「ラブグッドさん以外に、そんなことが可能だと思い込むような人はいないでしょうよ。ビードルはたぶん、『賢者《けんじゃ》の石』から思いついたんだと思うわ。つまり、不老不死の石の代わりに、死を逆戻しする石にして」

キッチンからの悪臭は、ますます強くなってくる。汚れた下着を焼くような臭いだ。せっかくの気持ちを傷つけないようにしたくとも、どれだけゼノフィリウスの料理を食べられるか、ハリーには自信がない。

「でもさ、『マント』はどうだ？」ロンがゆっくりと口を開く。「あいつの言うことが正しいと思わないか？　僕なんか、ハリーの『マント』に慣れっこになっちゃって、どんなにすばらしいかなんて考えたこともないけど、ハリーの持っているようなマントの話は、ほかに聞いたことないぜ。絶対確実だものな。僕たち、あれを着てて見つかったことないし――」

「あたりまえでしょ――あれを着ていれば見えないのよ、ロン！」

「だけど、あいつが言ってたほかのマントのこと――それに、そういうやつだって、二束三クヌートってわけじゃないぜ——全部本当だ！　いままで考えてもみなかったけど、古くなって呪文の効果が切れたマントの話も聞いたことがあるし、呪文で破られて穴があいた話も聞いた。ハリーのマントはお父さんが持っていたやつだから、厳密には新品じゃないのにさ、それでもなんて言うか……完璧！」

「ええ、そうね、でもロン、石は……」

二人が小声で議論している間、ハリーはそれを聞くともなく聞きながら、部屋を歩き回っていた。螺旋《らせん》階段に近づき、何気なく上を見たとたん、ハリーはどきりとする。自分の顔が上の部屋の天井から見下ろしている。一瞬うろたえたが、ハリーはそれが鏡でなく、絵であることに気づいた。好奇心に駆られて、ハリーは階段を上りはじめた。

「ハリー、なにしてるの？　ラブグッドさんがいないのに、勝手にあちこち見ちゃいけないと思うわ！」

しかしハリーはもう、上の階に着いている。

ルーナは部屋の天井を、すばらしい絵で飾っていた。ハリー、ロン、ハーマイオニー、ジニー、ネビルの五人の顔の絵だ。ホグワーツの絵のように動いたりはしないが、それにもかかわらず、絵には魔法のような魅力があった。ハリーには、五人が息をしているように思える。絵のまわりに細かい金の鎖が織り込んであり、五人をつないでいる。しばらく絵を眺めていたハリーは、鎖が実は、金色のインクで同じ言葉を何度も繰り返し描かれたものだと気づいた。

ともだち……ともだち……ともだち……

ハリーはルーナに対して、熱いものが一気にあふれ出すのを感じた。ハリーは部屋を見回す。ベッドの脇に大きな写真があり、小さいころのルーナと、ルーナそっくりの顔をした女性が抱き合っている。この写真のルーナは、ハリーがこれまで見てきたどのルーナよりも、きちんとした身なりをしている。写真は埃《ほこり》をかぶっていた。なんだか変だ。ハリーは周囲をよく見る。

なにかがおかしい。淡い水色の絨毯《じゅうたん》にも埃が厚く積もっている。洋服簞笥《だんす》には一着も服がない上に、ドアが半開きのままだ。ベッドは冷えてよそよそしく、何週間も人の寝た気配がない。一番手近の窓には、真っ赤に染まった空を背景に、蜘蛛《くも》の巣が一つ張っている。

「どうかしたの?」

ハリーが下りていくと、ハーマイオニーが心配そうに聞く。しかしハリーが答える前に、ゼノフィリウスがキッチンから上がってくる。今度はスープ皿を載せた盆を運んできた。

「ラブグッドさん。ルーナはどこですか?」ハリーが聞く。

「なにかね？」

「ルーナはどこですか？」

ゼノフィリウスは、階段上り切ったところで、はたと止まる。

「さ――さっきから言ってるとおりだ。『端《はし》の橋《はし》』でプリンピー釣りをしている」

「それじゃ、なぜお盆に四人分しかないんですか？」

ゼノフィリウスは口を開いたが、声が出てこない。相変わらず鳴っている印刷機のバタンバタンという騒音と、ゼノフィリウスの手の震えでカタカタ言う盆の音だけが聞こえる。

「ルーナは、もう何週間もここにはいない」ハリーが結論を突きつける。「洋服はないし、ベッドにも寝た跡がない。ルーナはどこですか？　それに、どうしてしょっちゅう窓の外を見るんですか？」

ゼノフィリウスは盆を取り落とす。スープ皿が跳ねて砕けた。ハリー、ロン、ハーマイオニーは杖《つえ》を抜いた。ゼノフィリウスは、手をポケットに突っ込もうとして、その場に凍りつく。そのとたん、印刷機がひときわ大きくバーンと音を立て、「ザ・クィブラー」誌がテーブルクロスの下から床に流れ出てきた。印刷機はようやく静かになった。

ハーマイオニーが、杖をラブグッド氏に向けたまま、かがんで一冊拾い上げる。

「ハリー、これを見て」

ハーマイオニーはごたごたの山の中をできるだけ急いで、ハリーのそばに行く。「ザ・クィブラー」の表紙には、ハリーの写真とともに「問題分子ナンバーワン」の文字があざやかに印刷され、見出しには賞金額まで書いてある。

「『ザ・クィブラー』は、それじゃ、論調が変わったということですか？」ハリーはめまぐるしく頭を働かせながら、冷たい声で聞く。「ラブグッドさん、庭に出ていったとき、あなたはそういうことをしていたわけですか？　魔法省にふくろうを送ったのですね？」

ゼノフィリウスは唇をなめる。

「私のルーナが連れ去られた」ゼノフィリウスがつぶやくように言葉を吐《は》く。「私が書いていた記事のせいで。あいつらは私のルーナを連れていった。どこにいるのか、連中がルーナになにをしたのか、私にはわからない。しかし、私のルーナを返してもらうのには、もしかしたら――もしかしたら――」

「ハリーを引き渡せば？」ハーマイオニーが言葉を引き取った。

「そうはいかない」ロンがきっぱり言い切る。「邪魔するな。僕たちは出ていくんだから」

ゼノフィリウスは死人のように青ざめ、老けて百歳にも見える。唇が引き攣《つ》り、凄《すさ》まじい形相を浮かべている。

「連中はいまにもやってくる。私はルーナを救わなければならない。ルーナを失うわけにはいかない。君たちは、ここを出てはならないのだ」

ゼノフィリウスは、階段で両手を広げる。ハリーの目に、突然、自分のベビーベッドの前で同じことをした母親の姿が浮かぶ。

「僕たちに、手荒なことをさせないでください」ハリーが言い放つ。「どいてください、ラブグッドさん」

「ハリー！」ハーマイオニーが悲鳴を上げた。

箒《ほうき》に乗った人影が窓の外を飛び過ぎる。三人が目を離した隙に、ゼノフィリウスが杖《つえ》を抜いた。ハリーは危ういところで油断に気づき、横っ飛びに跳んで、ロンとハーマイオニーを呪文の通り道から押し退《の》けた。ゼノフィリウスの「失神《しっしん》の呪文」は、部屋を横切ってエルンペントの角《つの》に当たる。

ものすごい爆発だった。部屋が吹っ飛んだかと思うような音だった。木や紙の破片、瓦礫《がれき》が四方八方に飛び散り、前が見えないほどのもうもうたる埃《ほこり》で、あたりが真っ白になる。ハリーは宙に飛ばされ、そのあと床に激突し、両腕でかばった頭の上に降り注ぐ破片でなにも見えなくなった。ハーマイオニーの悲鳴、ロンのさけび声、そして吐《は》き気を催すようなドサッという金属音が繰り返し聞こえる。吹き飛ばされたゼノフィリウスが、仰向けに螺旋《らせん》階段を落ちていく音だと、ハリーは察した。

瓦礫に半分埋もれながら、ハリーは立ち上がろうとした。舞い上がる埃で、ほとんど息もできず、目も見えない。天井は半分吹き飛び、ルーナのベッドの端が天井の穴からぶら下がっている。顔が半分なくなったロウェナ・レイブンクローの胸像がハリーの横に倒れ、切れ切れになった羊皮紙《ようひし》は宙を舞い、印刷機の大部分は横倒しになって、キッチンへ下りる階段の一番上を塞いでいる。そのとき、白い人影がハリーのそばで動いた。埃に覆われてまるで二個目の石像になったようなハーマイオニーが、唇に人差し指を当てている。

一階の扉がすさまじい音を立てて開いた。

「トラバース、だから急ぐ必要はないと言ったろう？」荒々しい声がわめき立てる。「このいかれぽんちは、また戯言《たわごと》を言っているだけだと言ったろう？」

バーンという音と、ゼノフィリウスが痛みで悲鳴を上げるのが聞こえる。

「ちがう……ちがう……二階に……ポッターが！」

「先週言ったはずだぞ、ラブグッド、もっと確実な情報でなければ我々はこないとな！　先週のことを覚えているだろうな？　あのばかばかしい髪飾りと娘を交換したいと言ったな？　その一週間前は──」またバーンという音とさけび声。「──お前はなにを考えていた？　なんとか言う変な動物が実在する証拠を提供すれば、我々が娘を返すと思ったと？　しわしわ――」バーン「――アタマの――」バーン「――スノーカックだと？」

「ちがう――ちがう――お願いだ！」ゼノフィリウスはすすり泣いている。「本物のポッターだ！　本当だ！」

「それなのに今度は、我々をここに呼んでおいて、吹っ飛ばそうとするとは！」

死喰い人が吠《ほ》えわめき、バーンという音の連発の合間に、ゼノフィリウスの苦しむ悲鳴が聞こえる。

「セルウィン、この家はいまにも崩れ落ちそうだぞ」もう一人の冷静な声が、めちゃめちゃになった階段を伝って響いてくる。「階段は完全に遮断されている。取り外してみたらどうかな？　ここ全体が崩れるかもしれんな」

「この小汚い嘘つきめ」セルウィンと呼ばれた魔法使いがさけぶ。「ポッターなど、いままで見たこともないのだろう？　我々をここに誘《おび》き寄せて、殺そうと思ったのだろうが？　こんなことで娘がもどるとでも思ったのか？」

「嘘じゃない……嘘じゃない……ポッターが二階にいる！」

「ホメナム　レベリオ！　人　現れよ！」階段下で呪文を唱える声がした。

ハリーはハーマイオニーの息を呑《の》む音を聞いた。それから、なにかが自分の上にスーッと低く飛んできて、その影の中にハリーの体が取り込まれるような奇妙な感じがした。

「上にたしかにだれかいるぞ、セルウィン」二番目の声が鋭くさけぶ。

「ポッターだ。本当に、ポッターなんだ！」ゼノフィリウスがすすり泣く。「お願いだ……お願いだ……私のルーナを返してくれ。ルーナを私のところに返して……」

「お前の小娘を返してやろう、ラブグッド」セルウィンが言う。「この階段を上がって、ハリー・ポッターをここに連れてきたならばな。しかしこれが策略だったら、罠《わな》を仕掛けて上にいる仲間に我々を待ち伏せさせているんだったら、お前の娘は、埋葬のために一部だけを返してやるかどうかを考えることになる」

ゼノフィリウスは、恐怖と絶望で咽《むせ》び泣く。あたふたと、あちこち引っかき回すような音がする。ゼノフィリウスが、階段を覆う瓦礫《がれき》をかき分けて、上がってこようとしている。

「さあ」ハリーがささやく。「ここから出なくては」

ゼノフィリウスが階段を上がろうとするやかましい音にまぎれて、ハリーは瓦礫の中から自分の体を掘り出しはじめる。ロンが一番深く埋まっていた。ハリーとハーマイオニーは、ロンが埋まっているところまで、なるべく音を立てないように瓦礫の山を歩いていく。ロンは、両足に乗った重い簞笥《たんす》を、なんとかして取り除こうとしていた。ゼノフィリウスがたたいたり掘ったりする音が、次第に近づいてくる。ハーマイオニーは「浮遊術」をかけて、ようやくロンを動けるようにする。

「これでいいわ」ハーマイオニーが小声で言った。

階段の一番上を塞いでいる印刷機が、ガタガタ揺れはじめる。ゼノフィリウスはすぐそこまできているようだ。

「ハリー、私を信じてくれる？」埃《ほこり》で真っ白な姿のハーマイオニーが聞く。

ハリーはうなずく。

「オッケー、それじゃ」ハーマイオニーが小声で言う。「『透明マント』を使うわ。ロン、あなたが着るのよ」

「僕？　でもハリーが――」

「お願い、ロン！　ハリー、私の手をしっかりにぎって。ロン、私の肩をつかんで」

ハリーは左手を出してハーマイオニーの手をにぎる。ロンは『マント』の下に消えた。階段を塞いでいる壊れた印刷機は、まだ揺れていた。ゼノフィリウスは、「浮遊術」で印刷機を動かそうとしている。ハリーには、ハーマイオニーがなにを待っているのかわからなかった。

「しっかりつかまって」ハーマイオニーがささやく。「しっかりつかまって……まもなくよ……」

ゼノフィリウスの真っ青な顔が、倒れたサイドボードの上から現れた。

「オブリビエイト！　忘れよ！」ハーマイオニーはまずゼノフィリウスの顔に杖《つえ》を向けてさけび、それから床に向けて唱えた。「デプリモ！　沈め！」

ハーマイオニーは居間の床に穴を開けていた。三人は石が落ちるように落ちていく。ハリーは、ハーマイオニーの手をしっかりにぎったままだ。下で悲鳴が上がり、破れた天井から降ってくる大量の瓦礫《がれき》や壊れた家具の雨を避けて逃げる、二人の男の姿がちらりとハリーの目に入る。

ハーマイオニーが空中で身をよじり、ハリーは、家が崩れる轟音《ごうおん》を耳にしながら、ハーマイオニーに引きずられてふたたび暗闇の中に入っていった。

第22章　死の秘宝

ハリーは喘《あえ》ぎながら草の上に落ち、ようやく立ち上がる。三人は、夕暮れのどこか野原の一角に着地したようだ。ハーマイオニーはすでに杖《つえ》を振り、周囲に円を描いて走っている。

「プロテゴ トタラム《ばんぜんのまもり》……サルビオ ヘクシア《のろいをさけよ》……」

「あの裏切り者！　老いぼれの悪党！」ロンはゼイゼイ言いながら「透明マント」を脱いで現れ、マントをハリーに放り投げる。「ハーマイオニー、君って天才だ。大天才だ。あそこから逃げおおせたなんて、信じられないよ！」

「カーベ イニミカム《てきをけいかいせよ》……だから、エルンペントの角《つの》だって言ったでしょう？　あの人にちゃんと教えてあげたのに――。結局、あの人の家は吹き飛んでしまったじゃない！」

「罰が当たったんだ」

ロンは、破れたジーンズと両足の切り傷を調べながら言った。

「連中は、あいつをどうすると思う？」

「あぁ、殺したりしなければいいんだけど！」ハーマイオニーがうめく。「だから、あそこを離れる前に、死喰い人たちにハリーの姿をちらとでも見せたかったの。そしたら、ゼノフィリウスが嘘をついていたんじゃないってわかるから！」

「だけど、どうして僕を隠したんだ？」ロンが聞く。

「ロン、あなたは黒斑病《こくはんびょう》で寝ていることになってるの！　死喰い人は、父親がハリーを支持しているからって、ルーナをさらったのよ！　あなたがハリーと一緒にいるのを見たら、あの人たちが、あなたの家族になにをするかわからないでしょう？」

「だけど、君のパパやママは？」

「オーストラリアだもの」ハーマイオニーが言う。「大丈夫なはずよ。二人はなにも知らないわ」

「君って天才だ」ロンは感服し切った顔で繰り返した。

「うん、ハーマイオニー、天才だよ」ハリーも心から同意する。「君がいなかったら、僕たちどうなっていたかわからない」

ハーマイオニーはにっこりしたが、すぐに真顔にもどる。

「ルーナはどうなるのかしら？」

「うーん、あいつらの言ってることが本当で、ルーナがまだ生きてるとすれば――」

ロンが言いかける。

「やめて、そんなこと言わないで！」ハーマイオニーが金切り声を上げる。「ルーナは生きてるはずよ。生きていなくちゃ！」

「それならアズカバンにいる、と思うな」ロンはデリカシーのかけらもない。「だけど、あそこで生き延びられるかどうか……大勢がだめになって……」

「ルーナは生き延びる」

ハリーが断言した。そうでない場合を考えることさえ耐えられない。

「ルーナはタフだ。僕たちが考えるよりずっと強い。たぶん、監獄に囚われている人たちに、ラックスパートとかナーグルのことを教えているよ」

「そうだといいけど」ハーマイオニーは手で目を拭《ぬぐ》う。「ゼノフィリウスがかわいそうだわ。もし――」

「もし、あいつが、僕たちを死喰い人に売ろうとしていなかったらな。うん」ロンはやはり容赦ない。

三人はテントを張って中に入り、ロンが紅茶を入れた。九死に一生を得たあととなると、こんな寒々としたかび臭い古い場所でも、安全でくつろげる居心地のよい家庭のようだ。

「ああ、私たち、どうしてあんなところへ行ったのかしら？」

しばらく沈黙が続いたあと、ハーマイオニーがうめくように言葉を吐《は》いた。

「ハリー、あなたが正しかったわ。ゴドリックの谷の二の舞だった。まったく時間のむだ！『死の秘宝』なんて……くだらない……でも、ほんとは――」

ハーマイオニーはなにかが急に閃《ひらめ》いたらしい。

「全部あの人の作り話なんじゃないかしら？　ゼノフィリウスは、たぶん『死の秘宝』なんてまったく信じていないんだわ。死喰い人たちがくるまで、私たちに話をさせておきたかっただけよ！」

「それはちがうと思うな」ロンが反論を展開する。「緊張しているときにでっち上げ話をするなんて、意外と難しいもんなんだ。『人さらい』に捕まったとき、僕にはそれがわかったよ。スタンのふりをするほうが、まったく知らないだれかをでっち上げるよりずっと簡単だった。だって、少しはスタンのことを知っているからね。ラブグッド爺《じい》さんも、僕たちを足止めしようとして、ものすごくプレッシャーがかかってたはずだ。僕たちをしゃべらせておくために、あいつは本当のことを言ったと思うな。でなきゃ、本当だと思っていることをね」

「まあね、それはどっちでもいいわ」ハーマイオニーはため息をつく。「ゼノフィリウスが正直な話をしていたにしたって、あんなでたらめだらけの話は聞いたことがないわ」

「でも、待てよ」ロンが言う。「『秘密の部屋』だって、伝説上のものだと思われてたんじゃないか？」

「でも、ロン、『死の秘宝』なんて、ありえないわ！」

「君はそればっかり言ってるけど、そのうちの一つはありなんだぜ」ロンが指摘する。「ハリーの『透明マント』――」

「『三人兄弟』の話はお伽噺《とぎばなし》よ」ハーマイオニーがきっぱりと言う。「人間がいかに死を恐れるかのお話だわ。生き残ることが『透明マント』に隠れると同じぐらい簡単なことだったら、いまごろ私たち、必要なものは全部手にしているはずよ」

「それはどうかな。無敵の杖《つえ》が手に入ればいいんだけど」ハリーは、大嫌いなリンボクの杖を、指でひっくり返しながら言う。

「ハリー、そんな物はないのよ！」

「たくさんあったって、君が言ったじゃないか――『死の杖』とかなんとか、名前はいろいろだけど――」

「いいわよ、それじゃ、仮に『ニワトコの杖』は実在するって思い込んだとしましょう。でも、『蘇《よみがえ》りの石』のほうはどうなるの？」

ハーマイオニーは、「蘇りの石」と言うときに、指で「かぎ括弧《かっこ》」を書き、皮肉たっぷりな言い方をした。

「どんな魔法でも、死者を蘇らせることはできないわよ。これは決定的だわ！」

「僕の杖が『例のあの人』の杖とつながったとき、僕の父さんも母さんも現れた……それにセドリックも……」

「でも、本当に死から蘇ったわけじゃないでしょう？」ハーマイオニーが言う。「ある種の――ぼんやりした影みたいな姿は、だれかを本当にこの世に蘇らせるのとはちがうわ」

「でも、あの話に出てくる女性は、本当にもどってきたんじゃなかったよ。そうだろう？ あの話では、人はいったん死ぬと、死者の仲間入りをするということになっている。でも、二番目の兄は、その女性を見たし、話もしたじゃないか？ しかも、しばらくは一緒に住んだ……」

ハーマイオニーが心配そうな、なんとも形容しがたい表情を浮かべる。そのあとでロンをちらりと見たときのハーマイオニーの顔で、ハリーはそれが恐怖の表情だと気がついた。死んだ人たちと一緒に住むという話が、ハーマイオニーを怖がらせてしまったようだ。

「それで、ゴドリックの谷に墓のあった、あのペベレル家の人のことだけど――」

ハリーは、自分が死者を見たとしても〝三人兄弟〟とはちがうと思わせるようにきっぱりした声で、急いで話題を変えた。

「その人のこと、なにもわからないの？」

「ええ」

ハーマイオニーは、話題が変わってほっとしたような顔をする。

「墓石にあの印があるのを見たあとで、私、その人のことを調べたの。有名な人か、なにか重要なことをした人なら、持ってきた本のどれかに絶対に載っているはずだと思って。やっと見つけたけど、『ペベレル』っていう名前は、たった一か所しかなかったわ。『生粋《きっすい》の貴族――魔法界家系図』。クリーチャーから借りた本よ」

ロンが眉《まゆ》を吊り上げたのを見て、ハーマイオニーが説明する。

「男子の血筋が現在では絶えてしまっている、純血の家系のリストなの。ペベレル家は、早くに絶えてしまった血筋の一つらしいわ」

「男子の血筋が絶える？」ロンが繰り返す。

「つまり、氏《うじ》が絶えてしまった、という意味よ」ハーマイオニーが噛《か》み砕いて話す。「ペベレル家の場合は、何世紀も前にね。子孫はまだいるかも知れないけど、ちがう姓を名乗っているわ」

とたんにハリーの頭に、ぱっと閃《ひらめ》くものがあった。ペベレルの姓を聞いたときに揺すぶられた記憶だ。魔法省の役人の鼻先で、醜い指輪を見せびらかしていた汚らしい老人――。

「マールヴォロ・ゴーント！」ハリーはさけんだ。

「えっ？」ロンとハーマイオニーが同時に聞き返す。

「マールヴォロ・ゴーントだ！『例のあの人』の祖父だ！『憂《うれ》いの篩《ふるい》』の中で！ダンブルドアと一緒に！　マールヴォロ・ゴーントが、自分はペベレルの子孫だと言ってた！」

ロンもハーマイオニーも、当惑した顔をした。

「あの指輪。分霊箱《ぶんれいばこ》になったあの指輪だ。マールヴォロ・ゴーントが、ペベレルの紋章がついていると言ってた！　魔法省の役人の前で、ゴーントがそれを振って見せていたんだ。ほとんど鼻の穴に突っ込みそうだった！」

「ペベレルの紋章ですって？」ハーマイオニーが鋭く聞く。「どんなものだったか見えたの？」

「いや、はっきりとは――」

ハリーは思い出そうとする。

「僕の見たかぎりでは、なんにも派手なものはなかったと思う。引っかいたような線が二、三本あっただけかもしれない。ほんとによく見たのは、指輪が割れたあとだったからね」

ハーマイオニーが突然目を見開いたのを見て、ハリーは、ハーマイオニーがなにを理解したかを悟る。ロンはびっくりして二人を交互に見て言った。

「おっどろきー……それがまたしても例の印だって言うのか？　秘宝の印だって？」

「そうさ！」ハリーは興奮した。「マールヴォロ・ゴーントは、豚みたいな暮らしをしていた無知な老人で、唯一、自分の家系だけが大切だった。あの指輪が、何世紀にもわたって受け継がれてきたものだとしたら、ゴーントは、それが本当はなんなのかを知らなかったかもしれない。あの家には本なんかなかったし──それに、いいかい、あいつはまちがっても、子供にお伽噺《とぎばなし》を聞かせるようなタイプじゃない。石の引っかき傷を紋章だと思いたかったんだろう。だって、ゴーントにしてみれば、純血だということは貴族であるのも同然なんだから」

「ええ……それはそれでとてもおもしろい話だわ」ハーマイオニーは慎重に言葉を繰り出す。「でも、ハリー、あなたの考えていることが、私の想像どおりなら──」

「そう、そうだよ。そうなんだ！」ハリーは慎重さをかなぐり捨てて言う。「あれが石だったんだ。そうだろう？」ハリーは応援を求めるようにロンを見る。「もしもあれが『蘇《よみがえ》りの石』だったら？」

ロンは口をあんぐり開ける。

「おっどろきー……だけど、ダンブルドアが壊してしまったんなら、まだ効き目があるのかなぁ――」

「効き目？　効き目ですって？　ロン、一度も効いたことなんかないのよ！『蘇りの石』なんていうものはないの！」

ハーマイオニーは、いらだちと怒りを顔に出して、勢いよく立ち上がる。

「ハリー、あなたはなにもかも『秘宝』の話に当てはめようとしているわ――」

「なにもかも当てはめる？」ハリーが繰り返す。「ハーマイオニー、自然に当てはまるんだ！　あの石に『死の秘宝』の印があったに決まってる！　ゴーントはペベレルの子孫だって言ったんだ！」

「ついさっき、石の紋章をちゃんと見なかったって、言ったじゃない！」

「その指輪、いまどこにあると思う？」ロンがハリーに聞く。「ダンブルドアは、指輪を割ったあと、どうしたのかなぁ？」

しかしハリーの頭の中は、ロンやハーマイオニーよりずっと先を走っていた……。

三つの品、つまり「死の秘宝」は、もし三つを集めることができれば、持ち主は死を制する者となるだろう……制する者……征服者……勝者……最後《いやはて》の敵なる死もまた亡ぼされん……。

そしてハリーは、「秘宝」を所有するものとして、ヴォルデモートに対決する自分の姿を想い浮かべる。分霊箱《ぶんれいばこ》は秘宝には敵わない……一方が生きるかぎり、他方は生きられぬ……これがその答えだろうか？　秘宝対分霊箱《ぶんれいばこ》？　ハリーが最後に勝利者になる確実な方法があった、ということなのだろうか？「死の秘宝」の持ち主になれば、ハリーは安全なのだろうか？

「ハリー？」

ハリーには、ハーマイオニーの声はほとんど聞こえていなかった。「透明マント」を引っ張り出し、指の間を滑らせる。水のように柔軟で、空気のように軽い布。魔法界に入ってほぼ七年の間、これと同じ物を見たことがない。この「マント」はゼノフィリウスが説明したとおりの品だ。本物のマントは、着るとまちがいなく完全に透明にしてくれる。永久に長持ちもする。どんな呪文をかけても見通せず、いつでもまちがいなく隠してくれる。

そのときハリーは、思わず息を呑《の》む。思い出すことがある――。

「ダンブルドアが、僕の『マント』を持っていた！　僕の両親が死んだ夜に！」

ハリーは声が震え、顔に血が上るのを感じたが、かまうものかと言葉に出す。

「母さんが、シリウスにそう教えてた。ダンブルドアが『マント』を借りてるって！　なぜ借りたのかがわかった！　ダンブルドアは調べたかったんだ。三番目の『秘宝』じゃないかと思ったからなんだ！　イグノタス・ペベレルは、ゴドリックの谷に埋葬されている……」

ハリーはテントの中を無意識に歩き回っていた。真実の広大な展望が、新しく目の前に開けてきたような気がする。

「イグノタスは僕の先祖だ！　僕は三番目の弟の子孫なんだ！　それで全部辻褄《つじつま》が合う！」

ハリーは、「秘宝」を信じることで、確実に武装されるように感じた。「秘宝」を所有すると考えただけで、守られるかのように感じた。ハリーはうれしくなって、二人を振り返る。

「ハリー」

ハーマイオニーのふたたびの呼びかけにも、ハリーは激しく震える指で、首の巾《きん》着《ちゃく》を開けることに没頭していた。

「読んで」

ハリーは、母親の手紙をハーマイオニーの手に押しつけて言う。

「それを読んで！　ハーマイオニー、ダンブルドアが『マント』を持っていたんだ！　どうしてそれが欲しかったのか、ほかには理由がないだろ？　ダンブルドアには『マント』なんか必要なかった。強力な『目くらまし術』を使って、マントなんかなくとも完全に透明になれたんだから！」

なにかが床に落ちて、光りながら椅子の下を転がる。手紙を引っ張り出したときにスニッチを落としてしまったのだ。ハリーはかがんで拾い上げる。すると、たったいま見つけたばかりのすばらしい発見の泉が、ハリーにまた別の贈り物をくれた。衝撃と驚きが体の中から噴き出し、ハリーはさけんでいた。

「ここにあるんだ！　ダンブルドアは僕に指輪を遺《のこ》した――このスニッチの中にある！」

「そ――その中だって？」

ロンがなぜ不意を衝《つ》かれたような顔をするのか、ハリーには理解できない。わかり切ったことじゃないか、はっきりしてるじゃないか、なにもかも当てはまる、なにもかもだ……ハリーの「マント」は三番目の「秘宝」であり、スニッチの開け方がわかったときには二番目の「秘宝」も手に入る。あとは第一の「秘宝」である「ニワトコの杖」を見つければよいだけだ。そうすれば――。

しかし、きらびやかな舞台の幕は、突然そこで下ろされた。ハリーの興奮も、希望も幸福感も、なにもかも一挙に消える。輝かしい呪文は破れ、ハリーは一人暗闇に佇《たたず》んでいた。

「やつが狙っているのは、それだ」

ハリーの声の調子が変わったことで、ロンもハーマイオニーもますます怯《おび》えた顔になる。

『例のあの人』が追っているのは、『ニワトコの杖《つえ》』だ」

張りつめた、疑わしげな顔の二人に、ハリーは背を向ける。これが真実だ。ハリーには確信がある。すべての辻褄《つじつま》が合う。ヴォルデモートは、新しい杖を求めていたのではなく、古い杖を、しかもとても古い杖を探していたのだ。ハリーはテントの入口まで歩き、夜の闇に目を向けて、ロンやハーマイオニーがいることも忘れて考えた……。

ヴォルデモートは、マグルの孤児院で育てられた。ハリー同様、子供のときにだれからも『吟遊詩人《ぎんゆう》ビードルの物語』を聞かされてはいないはずだ。「死の秘宝」を信ずる魔法使いはほとんどいない。すると、ヴォルデモートが秘宝のことを知っているという可能性はあるだろうか？

ハリーはじっと闇を見つめる……もしヴォルデモートが「死の秘宝」のことを知っていたなら、まちがいなくそれを求め、手に入れるためにはなんでもしたのではないだろうか？　所有者を、死を制する者にする三つの品なのだ。「死の秘宝」のことを知っていたなら、ヴォルデモートははじめから「分霊箱《ぶんれいばこ》」など必要としなかっただろう。秘宝の一つを手に入れながら、それを分霊箱にしてしまったという単純な事実を見ても、魔法界のこの究極の秘密を、ヴォルデモートが知らなかったことは明らかなのではないだろうか？

そうだとすれば、ヴォルデモートは「ニワトコの杖《つえ》」の持つ力を、完全には知らずに探していることになる。三つの品の一つだということを知らずに……杖は隠すことができない秘宝だから、その存在は最もよく知られている……「ニワトコの杖」の血の軌跡は、魔法史のページに点々と残っている……。

ハリーは曇った夜空を見上げる。ハリーは自分の発見に驚き、頭がぼうっとする思いでいた。くすんだ灰色と銀色の雲の曲線が、白い月の面をなでている。

ハリーはテントの中にもどる。ーマイオニーが、さっきとまったく同じ場所に立っているのを見て、ハリーはひどく驚いた。ハハーマイオニーはまだリリーの手紙を持ち、ロンはその横で少し心配そうな顔をしている。この数分の間に、自分たちがどれほど遠くまでやってきたかに、二人は気づいていないのだろうか？

「こういうことなんだ」ハリーは、自分でも驚くほどの確信の光の中に、二人を引き入れようとした。「これですべて説明がつく。『死の秘宝』は実在する。そして僕はその一つを持っている――二つかもしれない――」

ハリーはスニッチを掲げる。

「――そして『例のあの人』は三番目を追っている。ただし、あいつはそれを知らない……強力な杖だと思っているだけだ――」

「ハリー」

ハーマイオニーはハリーに近づき、リリーの手紙を返しながら言う。

「気の毒だけど、あなたは勘違いしているわ。なにもかも勘違い」

「でも、どうして？　これで全部辻褄《つじつま》が――」

「いいえ、合わないわ」ハーマイオニーが否定する。「合わないのよ、ハリー。あなたはただ夢中になっているだけ。お願いだから――」

ハーマイオニーは、口を開きかけたハリーを止めた。

「お願いだから、答えて。もしも『死の秘宝』が実在するのなら、そしてダンブルドアがそれを知っていたのなら、三つの品を所持するものが死を制すると知っていたのなら――ハリー、どうしてそれをあなたに話さなかったの？　どうして？」

ハリーは、答える準備ができていた。

「だって、ハーマイオニー、君が言ったじゃないか。自分で見つけなければいけないことだって！　これは『探求』なんだ！」

「でも私は、ラブグッドのところに行くようにあなたを説得したくて、そう言ったにすぎないのよ！」ハーマイオニーは、極度にいらだったようにさけぶ。「そう信じていたわけじゃないわ！」

ハリーもあとに引かない。

「ダンブルドアはいつも、僕自身になにかを見つけ出させた。自分の力を試し、危険を冒すように仕向けた。今度のことも、ダンブルドアらしいやり方だという感じがするんだ」

「ハリー、これはゲームじゃないのよ。練習じゃないわ！　本番なのよ。ダンブルドアはあなたにはっきりした指示を遺《のこ》したわ。分霊箱《ぶんれいばこ》を見つけ出して壊せと！　あの印はなんの意味もないわ。『死の秘宝』のことは忘れてちょうだい。寄り道している暇はないの――」

ハリーはほとんど聞いていなかった。スニッチが開いて「蘇《よみがえ》りの石」が現れ、ハーマイオニーに自分が正しいことを、そして「死の秘宝」が実在することを証明してくれはしないかと半ば期待しながら、ハリーはスニッチを手の中で何度もひっくり返していた。

ハーマイオニーはロンに訴えた。

「あなたは信じないでしょう？」

ハリーは顔を上げた。ロンはためらっている。

「わかんないよ……だって……ある程度、合ってるところもあるし」ロンは答えにくそうだ。「だけど全体として見ると……」ロンは深く息を吸う。「ハリー、僕たちは分霊箱をやっつけることになっていると思う。ダンブルドアが僕たちに言ったのは、それだ。たぶん……たぶん、この秘宝のことは忘れるべきだろう」

「ありがとう、ロン」ハーマイオニーが礼を言う。「私が最初に見張りに立つわ」

そしてハーマイオニーは、ハリーの前を意気揚々と通り過ぎ、テントの入口に座り込んで、この件にぴしゃりと終止符を打った。

しかしハリーは、その晩、ほとんど眠れなかった。「死の秘宝」にすっかり取り憑《つ》かれ、その考えが心を揺り動かし、頭の中で渦巻いているうちは気が休まらなかった。杖《つえ》、石、そしてマント。そのすべてを所有できさえすれば……。

私は終わるときに開く……でも終わるときって、なんだ？　どうして、いますぐ石が手に入らないんだ？　石さえあれば、ダンブルドアに直接、こういう質問ができるのに……そしてハリーは、暗い中でスニッチに向かってぶつぶつと呪文を唱えてみる。できることは全部やってみた。蛇語も試したが、金色の球は開こうとしない……。

それに、杖だ。「ニワトコの杖」は、どこに隠されているのだろう？　ヴォルデモートはいま、どこを探しているのだろう？　ハリーは、額《ひたい》の傷が疼《うず》いてヴォルデモートの考えを見せてくれればいいのにと思う。ハリーとヴォルデモートが、はじめてまったく同じ物を望むということで結ばれたんだもの……ハーマイオニーは、もちろん、こういう考えを嫌うだろう……しかし、ハーマイオニーははじめから信じていない……ゼノフィリウスは、ある意味で正しいことを言った……想像力がかぎられている。偏狭《へんきょう》で頑迷《がんめい》だ。本当のところは、ハーマイオニーは「死の秘宝」という考えが恐いのだ。とくに「蘇《よみがえ》りの石」が……ハリーはふたたびスニッチに口を押しつけ、キスした後にほとんど飲み込んでもみたが、冷たい金属は頑として屈服しない……。

明け方近くになって、ハリーはルーナのことを思い出した。アズカバンの独房でたった一人、吸魂鬼に囲まれている姿だ。ハリーは急に自分が恥ずかしくなる。秘宝のことを考えるのに夢中で、ルーナのことをすっかり忘れていた。なんとか助け出したい。しかしあれだけの数の吸魂鬼では、事実上攻撃することなどできない。考えてみると、ハリーは、まだこのリンボクの杖《つえ》で守護霊《しゅごれい》の呪文を試したことがない……朝になったら試してみなければ……。

もっとよい杖を得る手段があればいいのに……。

すると、「ニワトコの杖」、不敗で無敵の「死の杖」への渇望が、またしてもハリーを飲み込んでしまう……。

翌朝、三人はテントをたたみ、憂鬱《ゆううつ》な雨の中を移動した。土砂降りの雨は、その晩テントを張った海岸地方まで追ってきて、ハリーにとっては気の滅入るような荒涼たる風景を水浸しにしながら、その週一杯降り続いた。ハリーは、「死の秘宝」のことしか考えられなかった。まるで胸に炎が点《とも》されたようで、ハーマイオニーのにべもない否定も、ロンの頑固な疑いも、その火を消すことはできない。しかし、秘宝への想いが燃えれば燃えるほど、ハリーの喜びは薄れるばかりになる。ハリーは、ロンとハーマイオニーを恨んだ。二人の断固たる無関心ぶりが、容赦ない雨と同じくらいにハリーの意気を挫《くじ》く。しかしそのどちらも、ハリーの確信を弱めることができないほど、ハリーの信念は絶対的なものだった。「秘宝」に対する信念と憧れがハリーの心を奪い、そのため、分霊箱《ぶんれいばこ》への執念を持つ二人から孤立しているようにも感じる。

「執念ですって？」

ある晩、ハリーが不用意にその言葉を口にすると、ハーマイオニーが低い、激しい声で言い放った。ほかの分霊箱を探すことに関心がないと、ハーマイオニーがハリーを叱りつけたあとのことだった。

「執念に取り憑《つ》かれているのは私たち二人のほうじゃないわ、ハリー！　私たちは、ダンブルドアが私たち三人にやらせたかったことを、やり遂げようとしているだけよ！」

しかし遠回しな批判など、ハリーは受けつけない。ダンブルドアは、「秘宝」の印をハーマイオニーに遺《のこ》して解読させるようにし、またハリーには「蘇《よみがえ》りの石」を金のスニッチに隠して遺したという確信は、揺るぎないものとなっている。一方が生きるかぎり、他方は生きられぬ……死を制する者……ロンもハーマイオニーも、どうしてそれがわからないのだろう？

「『最後《いやはて》の敵なる死もまた亡ぼされん』」ハリーは静かに引用する。「私たちの戦うはずの敵は『例のあの人』だと思ったけど？」ハーマイオニーが切り返す。

ハリーはハーマイオニーを説得するのをあきらめた。ロンとハーマイオニーが議論したがった銀色の牝鹿《めじか》の不思議でさえ、いまのハリーにはあまり重要とは思えず、そこそこおもしろいつけ足しの余興にすぎないような気がする。ハリーにとってもう一つだけ重要なのは、額《ひたい》の傷痕《きずあと》がまたちくちく痛み出していることだ。ただし、全力を尽くして二人には気づかれないようにした。痛み出すたびにハリーは一人になって集中するようにしたが、そこで見るイメージには失望した。ハリーとヴォルデモートが共有する映像は、質が変わってしまったようだ。焦点が合ったり合わなかったりと、ぼやけて揺れ動く。髑髏《どくろ》のようなものや、実体のない影のような山などが、朧《おぼろ》げに見分けられるだけだ。現実のような鮮明なイメージに慣れていたハリーは、この変化に不安を感じた。自分とヴォルデモートとの間の絆が壊れてしまったのではないかと心配になる。絆はハリーにとって恐ろしいものであると同時に、ハーマイオニーに対してなんと答えたかは別にして、大切なものでもある。こんなぼんやりした不満足なイメージしか得られないことを、ハリーはなぜか自分の杖《つえ》が折れたことに関係づけた。ヴォルデモートの心を以前のようにはっきり見ることができないのは、リンボクの杖のせいにちがいないと思った。

何週間かがじわじわと過ぎ、ハリーが自分の考えに夢中になっているうちに、どうやらロンが指揮を執っていることに気づかされる。二人を置き去りにしたことへの埋め合わせをしようという決意からか、ハリーの熱意のなさが眠っていたロンの指揮能力に活を入れたからか、いまやロンが、ほかの二人を励ましたり説き伏せたりして行動させている。

「分霊箱《ぶんれいばこ》はあと三個だ」ロンは何度もそう繰り返す。「行動計画が必要だ。さあ、さあ！　まだ探してないところはどこだ？　もう一度復習しようぜ。孤児院……」

ダイアゴン横丁、ホグワーツ、リドルの館、ボージン・アンド・バークスの店、アルバニアなどなど、トム・リドルのかつての住み処《すみか》、職場、訪れた所、殺人の場所だとわかっているところを、ロンとハーマイオニーは拾い上げなおす。ハリーは、ハーマイオニーにしつこく言われるので、しかたなく参加した。ハリーは一人黙って、ヴォルデモートの考えを読んだり、「ニワトコの杖」についてさらに調べたりしていれば満足だったのに、ロンは、ますます可能性のなさそうな場所に旅を続けようと言い張る。ハリーには、ロンが単に三人を動かし続けるためだけにそうしていることが、わかっている。

「なんだってありだぜ」がいまやロ癖となったロンが提案する。「アッパー・フラグリーは魔法使いの村だ。あいつがそこに住みたいと思ったかもしれない。ちょっとほじくりに行こうよ」

こうして魔法使いの領域を頻繁に突つき回っているうちに、三人はときどき「人さらい」を見かけることになる。

「死喰い人と同じぐらい悪《わる》もいるんだぜ」ロンが言う。「僕を捕まえた一味は、ちょっとお粗末なやつらだったけど、ビルは、すごく危険な連中もいるって言ってる。『ポッターウオッチ』で言ってたけど――」

「なんて言った？」ハリーが聞き返す。

「『ポッターウオッチ』。言わなかったかな、そう呼ばれてるって？　僕がずっと探しているラジオ番組だよ。なにが起こっているかについて、本当のことを教えてくれる唯一の番組だ！　『例のあの人』路線に従っている番組がほとんどの中で、『ポッターウオッチ』だけはちがうんだ。君たちに、ぜひ聞かせてやりたいんだけど、周波数を合わせるのが難しくて……」

ロンは毎晩のように、さまざまなリズムでラジオのてっぺんをたたき、ダイヤルを回している。ときどき龍痘《りゅうとう》の治療のヒントなどがちらりと聞こえたり、一度などは「♪大鍋《おおなべ》は灼熱の恋にあふれ」が数小節流れてきたこともある。無心にトントンと軽くたたきながら、ロンはぶつぶつとでまかせの言葉を羅列し、正しいパスワードを当てようと努力し続けていた。

「普通は、騎士団に関係する言葉なんだ」ロンが言う。「ビルなんか、ほんとに当てるのがうまかったな。僕も、数撃ちゃそのうち当たるだろ……」

しかし、ようやくロンに幸運が巡ってきたときには、もう三月になっていた。ハリーは見張りの当番で、テントの入口に座り、凍てついた地面を破って顔を出したムスカリの花の群生を、見るともなく見ているときだ。テントの中から、興奮したロンのさけび声が上がった。

「やった、やったぞ！　パスワードは『アルバス』だ！　おーい、ハリー、入ってこい！」

「死の秘宝」の思索から何日かぶりに目覚め、ハリーが急いでテントの中に入ってみると、ロンとハーマイオニーが、小さなラジオのそばにひざまずいている。手持ちぶさたにグリフィンドールの剣《つるぎ》を磨いていたハーマイオニーは、口をぽかんと開けて、小さなスピーカーを見つめている。そこからはっきりと、聞き覚えのある声が流れてくる。

「……しばらく放送を中断していたことをお詫びします。お節介な死喰い人たちが、我々のいる地域で何軒も戸別訪問してくれたせいなのです」

「ねえ、これ、リー・ジョーダンだわ！」

「そうなんだよ！」ロンがにっこりする。「かっこいいだろ？　ねっ？」

「……現在、安全な別の場所が見つかりました」リーが話していた。「そして、今晩は、うれしいことに、レギュラーのレポーターのお二人を番組にお迎えしています。レポーターのみなさん、こんばんは！」

「やあ」

「こんばんは、リバー」

「『リバー』、それ、リーだよ」ロンが説明する。「みんな暗号名を持ってるんだけど、たいがいはだれだかわかる――」

「しーっ！」ハーマイオニーが黙らせた。

「ロイヤルとロムルスのお二人の話を聞く前に」リーが話し続ける。「ここで悲しいお報《しら》せがあります。『WWN・魔法ラジオネットワークニュース』や『日刊予言者《にっかんよげんしゃ》』が報道する価値もないとしたお報せです。残念ながら、ラジオをお聞きのみなさんに、謹《つつし》んでお報せいたします。テッド・トンクスとダーク・クレスウェルが殺害されました」

ハリーは胃がざわっとした。三人はぞっとして顔を見合わせる。

「ゴルヌックという名の小鬼も殺されました。トンクス、クレスウェル、ゴルヌックと一緒に旅をしていたと思われる、マグル生まれのディーン・トーマスともう一人の小鬼は、難を逃れた模様です。ディーンがこの放送を聞いていたら、またはディーンの所在に関してなにかご存知の方、親御さんと姉妹の方々が必死で情報を求めていらっしゃいます」

「一方、ガッドリーでは、マグルの五人家族が、自宅で死亡しているのが発見されました。マグルの政府は、ガス漏《も》れによる事故死と見ていますが、騎士団からの情報によりますと、『死の呪文』によるものだとのことです――マグル殺しが新政権のレクリエーション並になっているという実態については、いまさら証拠は無用ですが、さらなる証拠が上がったということでしょう」

「最後に、たいへん残念なお報せです。バチルダ・バグショットの亡骸《なきがら》がゴドリックの谷で見つかりました。数か月前にすでに死亡していたと見られます。騎士団の情報によりますと、遺体には、『闇の魔術』によって傷害を受けた、まぎれもない跡があるとのことです」

「ラジオをお聞きのみなさん、テッド・トンクス、ダーク・クレスウェル、バチルダ・バグショット、ゴルヌック、そして死喰い人に殺された名前のわからないマグルのご一家に対しても、同じく哀悼《あいとう》の意を表して、お亡くなりになったみな様のために、一分間の黙祷《もくとう》を捧げたいと思います。黙祷……」

沈黙の時間。ハリー、ロン、ハーマイオニーは言葉もない。ハリーは、もっと聞きたい気持ちと、これ以上聞くのが恐ろしいという気持ちが半々だった。外部の世界と完全につながっていると感じたのは、久しぶりのことだ。

「ありがとうございました」リーの声が帰ってくる。「さて今度は、レギュラーのお一人に、新しい魔法界の秩序がマグルの世界に与えている影響について、最新の情報を伺いましょう。ロイヤル、どうぞ」

「ありがとう、リバー」

すぐそれとわかる、深い低音の、抑制のあるゆったりした安心感を与える声。

「キングズリー！」ロンが思わず口走る。

「わかってるわ！」ハーマイオニーがロンを黙らせた。

「マグルたちは、死傷者が増え続ける中で、その原因をまったく知らないままでいます」キングズリーが言う。「しかし、魔法使いも魔女も、その身の危険を冒してまで、マグルの友人や隣人を守ろうとしているという、まことに心動かされる話が次々と耳に入ってきます。往々にしてマグルはそれに気づかないことが多いのですが。ラジオをお聞きのみなさんには、たとえば近所に住むマグルの住居に保護呪文をかけるなどして、こうした模範的な行為に倣《なら》うことを強く呼びかけたいと思います。そのような簡単な措置で、多くの命が救われることでしょう」

「しかし、ロイヤル、このように危険な時期には『魔法使い優先』、と答えるラジオ聴取者のみなさんに対しては、どのようにおっしゃるつもりですか？」リーが聞く。

「『魔法使い優先』は、たちまち『純血優先』に結びつき、さらに『死喰い人』につながるものだと申し上げましょう」キングズリーが答える。「我々はすべて人です。そうではありませんか？　すべての人の命は同じ重さを持ちます。そして、救う価値があるのです」

「すばらしいお答えです、ロイヤル。現在のごたごたから抜け出した暁には、私はあなたが魔法大臣になるよう一票を投じますよ」リーが声援を送る。「さて、次はロムルスにお願いしましょう。人気特別番組の『ポッター通信』です」

「ありがとう、リバー」

これもよく知っている声だ。ロンは口を開きかけたが、ハーマイオニーがささやき声で封じた。

「ルーピンだってわかるわよ！」

「ロムルス、あなたは、この番組に出ていただくたびにそうおっしゃいますが、ハリー・ポッターはまだ生きているというご意見ですね？」

「そのとおりです」ルーピンがきっぱりと言い切る。「もしハリーが死んでいれば、死喰い人たちが大々的にその死を宣言するであろうと、確信しています。なぜならば、それが新体制に抵抗する人々の士気に、致命的な打撃を与えるからです。『生き残った男の子』はいまでも、我々がそのために戦っているあらゆるもの、つまり、善の勝利、無垢《むく》の力、抵抗し続ける必要性などの象徴なのです」

ハリーの胸に、感謝と恥ずかしさがわき上がってくる。最後にルーピンに会ったとき、ハリーはひどいことを言った。ルーピンは、それを許してくれたのだろうか？

「では、ロムルス、もしハリーがこの放送を聞いていたら、なんと言いたいですか？」

「我々は全員、心はハリーとともにある、そう言いたいですね」

ルーピンはそのあとに、少し躊躇《ちゅうちょ》しながらつけ加えた。

「それから、こうも言いたい。自分の直感に従え。それはよいことだし、ほとんど常に正しい」

ハリーはハーマイオニーを見た。ハーマイオニーの目には涙が溜まっている。

「ほとんど常に正しい」ハーマイオニーが繰り返す。

「あっ、僕言わなかったっけ？」ロンがすっとんきょうな声を上げる。「ビルに聞いたけど、ルーピンは、またトンクスと一緒に暮らしているって！　それにトンクスは、かなりお腹が大きくなってきたらしいよ」

「……ではいつものように、ハリー・ポッターに忠実であるがために被害を受けている、友人たちの近況はどうですか？」リーが話を続けていた。

「そうですね、この番組をいつもお聞きの方にはもうご存知のことでしょうが、ハリー・ポッターを最も大胆に支持してきた人々が何人か、投獄されました。たとえばゼノフィリウス・ラブグッド、かつての『ザ・クィブラー』編集長などですが――」

ルーピンが言った。

「少なくとも生きてる！」ロンがつぶやく。

「さらに、つい数時間前に聞いたことですが、ルビウス・ハグリッド――」

三人は揃ってハッと息を呑《の》む。そのために、そのあとの言葉を聞き逃すところだった。

「――ホグワーツ校の名物森番ですが、構内で逮捕されかけました。自分の小屋で『ハリー・ポッター応援』パーティを開いたとの噂《うわさ》です。しかし、ハグリッドは拘束されませんでした。逃亡中だと思われます」

「死喰い人から逃れるときに、五メートルもある巨人の弟と一緒なら、役に立つでしょうね？」

「たしかに有利になると言えるでしょうね」ルーピンがまじめに同意する。「さらにつけ加えますが、『ポッターウオッチ』としてはハグリッドの心意気に喝采《かっさい》を送りますが、どんなに熱心なハリーの支持者であっても、ハグリッドのまねはしないようにと強く忠告します。いまのご時世に、『ハリー・ポッター応援』パーティは賢明とは言えない」

「まったくそのとおりですね、ロムルス」リーが言う。「そこで我々は、稲妻形の傷《きず》痕《あと》を持つ青年への変わらぬ献身を示すために、『ポッターウオッチ』を聞き続けてはいかがでしょう！　さてそれでは、ハリー・ポッターと同じぐらい見つかりにくいとされている、あの魔法使いについてのニュースに移りましょう。ここでは『親玉死喰い人』と呼称したいと思います。彼を取り巻く異常な噂《うわさ》のいくつかについて、ご意見を伺うのは、新しい特派員のローデントです。ご紹介しましょう」

「ローデント？」

また聞き覚えのある声だ。ハリー、ロン、ハーマイオニーはいっせいにさけんだ。

「フレッド！」

「いや――ジョージかな？」

「フレッド、だと思う」ロンが耳をそばだてながら言う。双子のどちらかが話し出した。

「おれはローデントじゃないぜ、冗談じゃない。『レイピア、諸刃《もろは》の剣《つるぎ》』にしたいって言ったじゃないか！」

「ああ、わかりました。ではレイピア、『親玉死喰い人』についていろいろ耳に入ってくる話に関する、あなたのご見解をいただけますか？」

「承知しました、リバー」フレッドが答える。「ラジオをお聞きのみなさんはもうご存知でしょうが、もっとも庭の池の底とかその類の場所に避難していれば別ですけれども、『例のあの人』の採っている表に出ないという影の人物戦術は、相変わらずちょっとした恐慌状態を作り出しています。いいですか、『あの人』を見たという情報がすべて本当なら、優に十九人もの『例のあの人』がそのへんを走り回っていることになりますね」

「それが彼の思うつぼなのだ」キングズリーが割り込んできた。「謎に包まれているほうが、実際に姿を現すよりも大きな恐怖を引き起こす」

「そうです」フレッドが続ける。「ですから、みなさん、少し落ち着こうではないですか。状況はすでに十分悪いんですから、これ以上妄想をふくらませなくてもいい。たとえば、『例のあの人』はひと睨《にら》みで人を殺すという新しいご意見ですが、みなさん、それはバジリスクのことですよ。簡単なテストが一つ。こっちを睨んでいるものに足があるかどうか見てみましょう。もしあれば、その目を見ても安全です。もっとも、相手が本物の『例のあの人』だったら、どっちにしろ、それがこの世の見納めになるでしょうけれど」

ハリーは声を上げて笑った。ここ何週間もなかったことだ。ハリーは、重苦しい緊張が解けていくのを感じる。

「ところで、『あの人』を海外で見かけたという噂《うわさ》についてはどうでしょう?」リーが聞く。

「そうですね。『あの人』ほどハードな仕事ぶりなら、そのあとで、ちょっとした休暇が欲しくなるんじゃないでしょうか?」フレッドが答える。「要はですね、『あの人』が国内にいないからといって、まちがった安心感に惑わされないこと。海外かもしれないし、そうじゃないかもしれない。どっちにしろ、『あの人』がその気になれば、その動きのすばやさときたら、シャンプーを目の前に突きつけられたセブルス・スネイプでさえ敵わないでしょうね。だから、危険を冒してなにかしようと計画している方は、『あの人』が遠くにいることを当てにしないように。こんな言葉が自分の口から出るのを聞こうとは思わなかったけど、『安全第一!』」

「レイピア、賢明なお言葉をありがとうございました」リーが締めくくる。

「ラジオをお聞きのみなさん、今日の『ポッターウオッッチ』は、これでお別れの時間となりました。次はいつ放送できるかわかりませんが、必ずもどります。ダイヤルを回し続けてください。次のパスワードはマッド-アイです。お互いに安全でいましょう。信頼を持ち続けましょう。では、おやすみなさい」

ラジオのダイヤルがくるくる回り、周波数を合わせるパネルの明かりが消えた。ハリー、ロン、ハーマイオニーは、まだにっこり笑っている。聞き覚えのある親しい声を聞くのは、この上ないカンフル剤効果をもたらす。孤立に慣れ切ってしまい、ハリーは、自分たちのほかにもヴォルデモートに抵抗している人たちがいることを、ほとんど忘れていた。長い眠りから覚めたような気分になる。

「いいだろう、ねっ？」ロンがうれしそうに言う。

「すばらしいよ」ハリーが賛意を示す。

「なんて勇敢なんでしょう」ハーマイオニーが敬服しながらため息をつく。「見つかりでもしたら……」

「でも、常に移動してるんだろ？」ロンが言う。「僕たちみたいに」

「それにしても、フレッドの言ったことを聞いたか？」ハリーが興奮した声で言う。放送が終わってみれば、ハリーの思いはまた同じところにもどっている。なにもかも焼き尽くすような執着だ。「あいつは海外だ！　まだ杖《つえ》を探しているんだよ。僕にはわかる！」

「ハリーったら」

「いいかげんにしろよ、ハーマイオニー。どうしてそう頑固に否定するんだ？　ヴォル――」

「ハリー、やめろ！」

「――デモートはニワトコの杖を追っているんだ！」

「その名前は『禁句』だ！」

ロンが大声を上げて立ち上がる。テントの外でバチッという音がした。

「忠告したのに。ハリー、そう言ったのに。もうその言葉は使っちゃだめなんだ——保護をかけなおさないと——早く——やつらはこれで見つけるんだから——」

そこでロンは口を閉じた。ハリーにはその理由がわかった。テーブルの上の「かくれん防止器」が明るくなり、回り出している。外の声が次第に近づいてくる。荒っぽい、興奮した声が。ロンは「灯消《ひけ》しライター」をポケットから取り出してカチッと鳴らす。ランプの灯が消えた。

「両手を挙げて出てこい！」

暗闇の向こうからしわがれた声が響く。

「中にいることはわかっているんだ！　六本の杖《つえ》がお前たちを狙っているぞ。呪いがだれに当たろうが、おれたちの知ったことじゃない！」

第23章　マルフォイの館

ハリーは二人を振り返った。しかし、暗闇の中では輪郭しか見えない。ハーマイオニーが杖《つえ》を上げ、外ではなくハリーの顔に向けているのが見えた。バーンという音とともに白い光が炸裂したかと思うと、ハリーは激痛にがくりと膝《ひざ》を折る。なにも見えない。両手で覆った顔があっという間にふくれ上がっていく。同時に、重い足音がハリーを取り囲んでいた。

「立て、虫けらめ」

だれのものともわからない手がハリーを荒々しく引っ張り上げる。抵抗する間もなく、だれかがハリーのポケットを探り、リンボクの杖を取り上げた。ハリーはあまりの痛さに顔を強く押さえていたが、その指の下の顔は目鼻も見分けがつかないほどふくれ上がり、ひどいアレルギーでも起こしたようにぱんぱんに腫《は》れている。目は押しつぶされて細い筋のようになり、ほとんど見えない。手荒にテントから押し出された拍子にメガネが落ちてしまい、四、五人のぼやけた姿がロンとハーマイオニーをむりやり外に連れ出すのが、やっと見えるだけだ。

「放せ――その女《ひと》を――放せ！」

ロンがさけぶ。まぎれもなくにぎり拳《こぶし》でなぐりつける音が聞こえた。ロンは痛みにうめき、ハーマイオニーが悲鳴を上げる。

「やめて！　その人を放して。放して！」

「お前のボーイフレンドがおれのリストに載っていたら、もっとひどい目にあうぞ」

聞き覚えのある、身の毛のよだつかすれ声だ。

「うまそうな女だ……なんというご馳走だ……おれは柔らかい肌が楽しみでしかたねぇ……」

声の主がだれだかわかり、ハリーは胃袋が宙返る。フェンリール・グレイバック、残忍さを買われて、死喰い人のローブを着ることを許された狼人間だ。

「テントを探せ！」別の声が言う。

ハリーは放り投げられ、地べたにうつ伏せに倒れる。ドスンと音がして、ロンが自分の横に投げ出されたことがわかった。足音や物がぶつかり合う音、椅子を押し退《の》けてテントの中を探す音がする。

「さて、獲物を見ようか」

頭上でグレイバックの満足げな声がしたかと思うと、ハリーは仰向けに転がされた。杖灯《つえあか》りがハリーの顔を照らし、グレイバックが笑う。

「こいつを飲み込むにはバタービールが必要だな。どうしたんだ、醜男《ぶおとこ》？」

ハリーはすぐには答えなかった。

「聞いてるのか！」

ハリーは鳩尾《みずおち》をなぐられ、痛さに体をくの字に曲げる。

「どうしたんだ？」グレイバックが繰り返す。

「刺された」ハリーがつぶやく。「刺されたんだ」

「ああ、そう見えらぁな」二番目の声が言う。

「名前は？」グレイバックがうなるように言った。

「ダドリー」ハリーが答える。

「苗字じゃなくて名前は？」

「僕――バーノン。バーノン・ダドリー」

「リストをチェックしろ、スカビオール」

グレイバックが指示をする。そのあと、グレイバックが横に移動して、今度はロンを見下ろす気配がした。

「赤毛、お前はどうだ？」

「スタン・シャンパイク」ロンが答える。

「でまかせ言いやがって」スカビオールと呼ばれた男が言い返す。「スタン・シャンパイクならよぅ、おれたち、知ってるんだぜ。こっちの仕事を、ちぃとばっかしやらせてんだ」

またドスッという音がした。

「ブ、バーネーだ」ロンが答えた。口の中が血だらけなのだろう。「バーネー・ウィードリー」

「ウィーズリー一族か」

グレイバックがざらざらした声で言う。

「それなら、『穢《けが》れた血』でなくとも、お前は『血を裏切る者』の親戚だ。さぁて、最後、お前のかわいいお友達……」

舌なめずりするような声に、ハリーは鳥肌が立つ。

「急《せ》くなよ、グレイバック」まわりの嘲《あざけ》り笑いを縫って、スカビオールの声がする。

「ああ、まだいただきはしない。バーニーよりは少し早く名前を思い出すかどうか、聞いてみるか。お嬢さん、お名前は？」

「ペネロピー・クリアウォーター」

ハーマイオニーは怯《おび》えていたが、説得力のある声で応じている。

「お前の血統は？」

「半純血」ハーマイオニーが答えた。

「チェックするのは簡単だ」スカビオールが言う。「だが、こいつらみんな、まだオ《ホ》

グワーツ年齢みてえに見えらぁ――」

「やべたんだ」ロンが言った。

「赤毛、やめたってぇのか？」スカビオールが返す。「そいで、キャンプでもしてみようって決めたのか？　そいで、おもしれえから、闇の帝王のなめえでも呼んでみようと思ったてぇのか？」

「おぼしろいからじゃのい」ロンが言った。「じごと」

「事故？」嘲り笑いの声がいっそう大きくなる。

「ウィーズリー、闇の帝王を名前で呼ぶのが好きだったやつらを知っているか？」

グレイバックがうなる。

「不死鳥の騎士団だ。なにか思い当たるか？」

「べづに」

「いいか、やつらは闇の帝王にきちんと敬意を払わない。そこで名前を『禁句』にしたんだ。騎士団員の何人かは、そうやって追跡した。まあ、いい。さっきの二人の捕虜と一緒に縛り上げろ」

だれかがハリーの髪の毛をぐいとつかんで立たせ、すぐ近くまで歩かせて地べたに座らせる。そして、ほかの囚われ人と背中合わせに縛りはじめた。メガネもない上に腫《は》れ上がった瞼《まぶた》の隙間を通してでは、ほとんどなにも見えない。縛り上げた男が行ってしまうと、ハリーはほかの捕虜に小声で話しかけた。

「だれかまだ杖《つえ》を持っている？」

「ううん」ロンとハーマイオニーがハリーの両脇で答える。

「僕のせいだ。僕が名前を言ったばっかりに。ごめん――」

別な声、しかも聞き覚えのある声が、ハリーの真後ろの、ハーマイオニーの左側に縛られている人から上がった。

「ハリーか？」

「ディーン？」

「やっぱり君か！　君を捕らえたことにあいつらが気づいたら――！　連中は『人さらい』なんだ。賞金稼ぎに、学校に登校していない学生を探しているだけのやつらだよ――」

「一晩にしては悪くない上がりだ」

グレイバックが、靴底に鋲《びょう》を打ったブーツでハリーの近くをカツカツと歩きながら言う。テントの中から、家捜しする音がますます激しく聞こえてくる。

『穢《けが》れた血』が一人、逃亡中の小鬼が一人、学校を怠けているやつが三人。スカビオール、まだ、こいつらの名前をリストと照合していないのか?」グレイバックが吠《ほ》える。

「ああ、バーノン・ダドリーなんてぇのは、見当たらねえぜ、グレイバック」

「おもしろい」グレイバックが、また舌なめずりをする。「そりゃあ、おもしろい」

グレイバックはハリーのそばにかがみ込む。ハリーは、腫れ上がった瞼の間のわずかな隙間から、グレイバックの顔を見た。もつれた灰色の髪と頬ひげに覆われた顔、茶色く汚れて尖《とが》った歯、両端の裂けた口。ダンブルドアが死んだ、あの塔の屋上で嗅《か》いだのと同じ臭いもする。泥と汗と血の臭い。

「それじゃ、バーノン、お前はお尋《たず》ね者じゃないと言うわけか? それともちがう名前でリストに載っているのかな? ホグワーツではどの寮だった?」

「スリザリン」ハリーは反射的に答えた。

「おかしいじゃねえか。捕まったやつぁみんな、そう言やぁいいと思ってる」スカビオールの嘲《あざけ》り笑いが、薄暗いところから聞こえる。「なのに、談話室がどこにあるか知ってるやつぁ、一人もいねえ」

「地下室にある」ハリーがはっきり言い切る。「壁を通って入るんだ。髑髏《どくろ》とかそんなものがたくさんあって、湖の下にあるから明かりは全部緑色だ」

一瞬、間があく。

「ほう、ほう、どうやら本物のスリザリンのガキを捕めえたみてぇだ」スカビオールが声を上げる。「よかったじゃねえか、バーノン。スリザリンには『穢《けが》れた血』はあんまりいねえからな。親父はだれだ？」

「魔法省に勤めている」

ハリーはでまかせを言った。ちょっと調べれば、全部嘘だということがばれることはわかっている。どうせ時間稼ぎだ。顔が元どおりになれば、いずれにせよ万事休すなのだ。

「魔法事故惨事部だ」

「そう言えばよぅ、グレイバック」スカビオールが言う。「あそこにダドリーってやつがいると思うぜ」

ハリーは息が止まりそうだった。運がよければ、運しかないが、ここから無事逃れられるかもしれない？

「なんと、なんと」

ハリーは、グレイバックの冷酷な声に、かすかな動揺を感じ取る。グレイバックは、本当に魔法省の役人の息子を襲って縛り上げてしまったのかもしれないと、疑問を感じているのだ。ハリーの心臓が、肋骨《ろっこつ》を縛っているロープを激しく打つ。グレイバックに、その動きが見えても不思議はないほどだ。

「もし本当のことを言っているなら、醜男《ぶおとこ》さんよ、魔法省に連れていかれてもなにも恐れることはないな。お前の親父さんが、息子を連れ帰ったおれたちに、褒美《ほうび》をくれるだろうよ」

「でも」ハリーは口がからからだ。「もし、僕たちを放して――」

「へい！」テントの中でさけぶ声がした。「これを見ろよ、グレイバック！」

黒い影が急いでこちらへやってくる。杖灯《つえあか》りで、銀色に輝くものが見える。連中はグリフィンドールの剣《つるぎ》を見つけたようだ。

「すっげえもんだ」

グレイバックは仲間からそれを受け取り、感心したようにうめく。

「いやあ、立派なもんだ。ゴブリン製らしいな、これは。こんな物をどこで手に入れた？」

「僕のパパのだ」ハリーは嘘をつく。だめでもともとの嘘だが、暗いので、グレイバックには柄《つか》のすぐ下に彫ってある文字が見えないことを願う。「薪《まき》を切るのに借りてきた――」

「グレイバック、ちょっと待った！　これを見てみねぇ、『予言者《よげんしゃ》』をよ」

スカビオールがそう言ったそのとき、ハリーのふくれ上がった額《ひたい》の引き伸ばされた傷痕《きずあと》に激痛が走った。現実に周囲にあるものよりもっとはっきりと、ハリーはそびえ立つ建物を見る。人を寄せつけない、真っ黒で不気味な要塞。ヴォルデモートの想念が、急にまた鮮明になった。巨大な建物に向かって滑るように進んでいくヴォルデモートは、陶酔感を感じながら冷静に目的を果たそうとしている……。

近いぞ……近いぞ……

意志の力を振りしぼり、ハリーはヴォルデモートの想念に対して心を閉じ、いまいる現実の場所に自分を引きもどす。ハリーは、暗闇の中でロン、ハーマイオニー、ディーン、グリップフックたちと一緒に縛りつけられ、グレイバックとスカビオールの声を聞いていた。

「ア《ハ》ーマイオニー・グレンジャー」とスカビオールが読み上げている。「ア《ハ》リー・ポッターと一緒に旅をしていることがわかっている、『穢《けが》れた血』」

沈黙の中で、ハリーの傷痕《きずあと》が焼けるように痛む。ハリーは現実のその場にとどまるように、ヴォルデモートの心の中に滑り込まないようにと、極限まで力を振りしぼって踏ん張る。グレイバックがブーツを軋《きし》ませて、ハーマイオニーの前にかがみ込む音が聞こえた。

「嬢ちゃんよ、驚くじゃないか、えっ。この写真は、なんともはや、あんたにそっくりだな」

「ちがうわ！　私じゃない！」

ハーマイオニーの怯《おび》えた金切り声は、告白しているも同じだ。

「……ハリー・ポッターと一緒に旅をしていることがわかっている」

グレイバックが低い声で繰り返す。

その場が静まり返った。傷痕が激しく痛んだが、ハリーはヴォルデモートの想念に引き込まれないよう、全力で抵抗する。自分の心を保つのが、いまほど大切なことはない。

「すると、話はすべてちがってくるな」グレイバックがつぶやく。

だれも口をきかない。ハリーは、「人さらい」の一味が、身動きもせずに自分を見つめているのを感じ取る。ハーマイオニーの腕の震えが自分の腕に伝わってくる。グレイバックが立ち上がって一、二歩歩く。ハリーの前にまたかがみ込み、ふくれ上がったハリーの顔をじっと見つめる。

「額《ひたい》にあるこれはなんだ、バーノン？」

汚らしい指を引き伸ばされた傷痕に押しつけ、グレイバックが低い声で聞いた。腐臭のする息がハリーの鼻を突く。

「触るな！」

ハリーはがまんできずに思わずさけんだ。痛みで吐《は》きそうだ。

「ポッター、メガネをかけていたはずだが？」グレイバックがささやくように言う。

「メガネがあったぞ！」

後ろのほうをこそこそ歩き回っていた一味の一人が声を上げる。

「テントの中にメガネがあった。グレイバック、ちょっと待ってくれ――」

数秒後、ハリーの顔にメガネが押しつけられた。「人さらい」の一味は、いまやハリーを取り囲み、覗き込んでいる。

「まちがいない！」グレイバックがさがさ声で言う。「おれたちはポッターを捕まえたぞ！」

一味は、自分たちのしたことに呆然として、全員が数歩退《しりぞ》いた。二つに引き裂かれる頭の中で、現実の世界にとどまろうと奮闘し続けているハリーは、なにも言うべき言葉を思いつかない。バラバラな映像が、心の表面に入り込んでくる――。

……黒い要塞の高い壁の周囲を、自分は滑るように動き回っている――

ちがう。自分はハリーだ。縛り上げられ、杖《つえ》もなく、深刻な危機に瀕している――

……眼を上げて見ている。一番上の窓まで行くのだ。一番高い塔だ――

自分はハリーだ。一味は低い声で自分の運命を話し合っている――

……飛ぶときがきた――

「……魔法省へ行くか？」

「魔法省なんぞ糞《くそ》食らえだ」グレイバックがうなる。「あいつらは自分の手柄にしちまうぞ。おれたちはなんの分け前にも与《あず》かれない。おれたちが『例のあの人』に直接渡すんだ」

「『あのいと《ひ》』を呼び出すのか？　ここに？」スカビオールの声は恐れおののいている。

「ちがう」グレイバックが歯噛《はが》みする。「おれにはそこまで――『あの人』は、マルフォイのところを基地にしていると聞いた。こいつをそこに連れていくんだ」

ハリーは、グレイバックがなぜヴォルデモートを呼び出さないか、わかるような気がする。狼人間は、死喰い人が利用したいときだけそのローブを着ることを許されはするが、闇の印を刻印されるのはヴォルデモートの内輪の者だけで、グレイバックはその最高の名誉までは受けていないにちがいない。

ハリーの傷痕がまたしても疼《うず》く――。

……そして自分は夜の空を、塔の一番上の窓まで、まっすぐに飛んでいく――

「……こいつが本人だってぇのは本当に確かか？　もしまちげえでもしたら、グレイバック、おれたちゃ死ぬぜ」

「指揮を執ってるのはだれだ？」

グレイバックは、一瞬の弱腰を挽回《ばんかい》すべく、吠《ほ》え声を上げる。

「こいつはポッターだと、おれがそう言ってるんだ。ポッターとその杖《つえ》、それで即座に二十万ガリオンだ！　しかしお前ら、どいつも、一緒にくる根性がなけりゃあ、賞金は全部おれのもんだ。うまくいけば、小娘のおまけもいただく！」

……窓は黒い石に切れ目が入っているだけで、人一人通れる大きさではない……骸《がい》骨《こつ》のような姿が、隙間から辛《かろ》うじて見える。毛布をかぶって丸まっている……死んでいるのか、それとも眠っているのか……？

「よし！」スカビオールが言う。「よーし、乗った！　どっこい、ほかのやつらは、グレイバック、ほかのやつらをどうする？」

「いっそまとめて連れていこう。『穢《けが》れた血』が二人、それで十ガリオン追加だ。その剣《つるぎ》もおれによこせ。そいつらがルビーなら、それでまたひと儲けだ」

捕虜たちは、引っ張り上げられて立ち上がる。ハリーの耳に、ハーマイオニーの怯《おび》えた荒い息遣いが聞こえる。

「つかめ。しっかりつかんでろよ。おれがポッターをやる！」

グレイバックはハリーの髪の毛を片手でむんずとつかむ。ハリーは、長い黄色い爪が頭皮を引っかくのを感じた。

「三つ数えたらだ！　いち――に――さん――」

一味は、捕虜を引き連れて「姿くらまし」した。ハリーはグレイバックの手を振り放そうともがいたが、どうにもならない。ロンとハーマイオニーが両脇にきつく押しつけられていて、自分一人だけ離れることなどできなかった。息ができないほど肺がしぼられ、傷痕《きずあと》はいっそうひどく痛んだ――。

……自分は窓の切れ目から蛇のごとく入り込み、霞のように軽々と独房らしい部屋の中に降り立つ――

捕虜たちは、どこか郊外の小道に姿を現した。着地の際に、よろめいてぶつかり合う。ハリーの両目はまだ腫《は》れていて、周囲に目が慣れるまで少し時間がかかった。やがて長い馬車道と、その入口に両開きの鉄の門が見えた。ハリーは少しほっとする。まだ最悪の事態は起こっていない。ヴォルデモートは、ここにはいない。頭に浮かぶ映像と戦っていたハリーには、それがわかる。ヴォルデモートは、どこか見知らぬ要塞のような場所の、塔のてっぺんにいる。しかし、ハリーがここにいると知ったヴォルデモートがやってくるまでに、果たしてどのくらいの時間がかかるのか、それはまた別な問題と言える……。

「人さらい」の一人が、大股《おおまた》で門に近づき揺さぶる。

「どうやって入るんだ？　鍵がかかってる。グレイバック、おれは入れ――うぉっと！」

その男は、仰天してパッと手を引っ込めた。鉄が歪《ゆが》んで抽象的な曲線や渦模様《うずもよう》が恐ろしい顔に変わり、ガンガン響く声でしゃべり出したのだ。

「用件を述べよ！」

「おれたちは、ポッターを連れてきた！」グレイバックが勝ち誇ったように吠《ほ》える。「ハリー・ポッターを捕まえた！」

門がぱっと開いた。

「こい！」グレイバックが一味に指示する。捕虜たちは門から中へ、そして馬車道へと歩かされる。両側の高い生け垣がその足音をくぐもらせている。頭上を幽霊のような白い姿がよぎる。アルビノの白孔雀だった。ハリーはつまずいて、グレイバックに引きずり起こされた。ほかの四人の捕虜と背中合わせに縛られたまま、ハリーはよろめきながら横歩きで進まされている。腫《は》れぼったい目を閉じ、しばらく傷痕《きずあと》の痛みに屈服することにする。ヴォルデモートがなにをしているのか、ハリーが捕まったことをもう知っているのかどうかが知りたい――。

……やつれ果てた姿が薄い毛布の下で身動きし、こちらに寝返りを打つ。そして骸《がい》骨《こつ》のような顔の両目が見開かれた……弱り切った男は、落ち窪んだ大きな目でこちらを、ヴォルデモートを見据《みす》え、上半身を起こす。そして笑った。歯がほとんどなくなっている……。

「やってきたか。くるだろうと思っていた……そのうちにな。しかし、お前の旅は無意味だった。私がそれを持っていたことはない」

「嘘をつくな！」

ヴォルデモートの怒りが、ハリーの中でドクドクと脈打った。ハリーの傷痕は、痛みで張り裂けそうだ。ハリーは、もぎ取るように心を自分の体にもどし、捕虜の一人として砂利道を歩かされているという現実から心が離れないように戦った。

明かりがこぼれ、捕虜全員を照らし出す。

「何事ですか？」冷たい女の声だ。

「我々は、『名前を言ってはいけないあの人』にお目にかかりに参りました」グレイバックのがさがさした声が用件を言う。

「おまえはだれ？」

「あなたは私をご存知でしょう！」

狼人間の声に憤りがこもる。

「フェンリール・グレイバックだ！　我々はハリー・ポッターを捕えた！」

グレイバックはハリーをぐいとつかんで半回りさせ、正面の明かりに顔を向けさせる。そのせいで、ほかの捕虜も一緒にずるずると半回りさせられる。

「この顔がむくんでいるのはわかっていやすがね、マダム、しかし、こいつはア《ハ》リーだ！」スカビオールが口を挟む。「ちょいとよく見てくださりゃあ、こいつの傷痕《きずあと》が見えまさぁ。それに、ほれ、娘っこが見えますかい？　『穢《けが》れた血』で、ア《ハ》リーと一緒に旅しているやつでさぁ、マダム。こいつがア《ハ》リーなのはまちげえねえ。それに、こいつの杖《つえ》も取り上げたんで。ほれ、マダム」

ナルシッサ・マルフォイは、ハリーの腫《は》れ上がった顔を確かめるように眺めている。スカビオールが、リンボクの杖をナルシッサに押しつけた。ナルシッサは眉《まゆ》を吊り上げる。

「その者たちを中に入れなさい」ナルシッサが命じた。

ハリーたちは広い石の階段を追い立てられ、蹴り上げられながら、肖像画の並ぶ玄関ホールへと入った。

「従《つ》いてきなさい」

ナルシッサは、先に立ってホールを横切る。

「息子のドラコが、イースターの休暇で家にいます。これがハリー・ポッターなら、息子にはわかるでしょう」

外の暗闇のあとでは、客間の明かりがまぶしい。ほとんど目の開いていないハリーでさえ、その部屋の広さが理解できた。クリスタルのシャンデリアが一基、天井から下がり、この部屋にも、深紫色の壁に何枚もの肖像画が掛かっている。「人さらい」たちが捕虜を部屋に押し込むと、見事な装飾の大理石の暖炉の前に置かれた椅子から、二つの姿が立ち上がった。

「何事だ?」

いやというほど聞き覚えのあるルシウス・マルフォイの気取った声が、ハリーの耳に入ってきた。ハリーはいまになって急に恐ろしくなる。逃げ道がない。しかし恐れが募ることでヴォルデモートの想念を遮断しやすくなった。それでも傷痕の焼けるような疼《うず》きだけは続いている。

「この者たちは、ポッターを捕まえたと言っています」ナルシッサの冷たい声が言う。「ドラコ、ここへきなさい」

ハリーはドラコを真正面から見る気になれず、顔を背けて横目を流す。肘掛椅子《ひじかけいす》から立ち上がったドラコはハリーより少し背が高く、プラチナブロンドの髪の下にある顎《あご》のとがった青白い顔がぼやけて見える。

グレイバックは、捕虜たちをふたたび回して、ハリーがシャンデリアの真下にくるようにした。

「さあ、坊ちゃん？」狼人間がかすれ声で促した。

ハリーは、暖炉の上にある、繊細な渦巻き模様の見事な金縁の鏡に顔を向けていた。細い線のような目で、ハリーは、グリモールド・プレイスを離れて以来、はじめて鏡に映る自分の姿を見た。

ハーマイオニーの呪いで、顔はふくれ上がり、ピンク色にてかてか光って、顔の特徴がすべて歪《ゆが》められている。黒い髪は肩まで伸び、顎のまわりにはうっすらとひげが生えている。そこに立っているのが自分だと知らなければ、自分のメガネをかけているのはだれなのかと訝《いぶか》ったことだろう。ハリーは絶対にしゃべるまいと決心する。声を出せば、きっと正体がばれてしまう。それでもハリーは、近づいてくるドラコと目を合わせるのを避けた。

「さあ、ドラコ？」

ルシウス・マルフォイが聞いた。声が上ずっている。

「そうなのか？　ハリー・ポッターか？」

「わからない――自信がない」ドラコが答える。

ドラコはグレイバックから距離を取り、ハリーがドラコを見るのを恐れると同じくらい、ハリーを見るのが恐ろしい様子でいる。

「しかし、よく見るんだ、さあ！　もっと近くに寄って！」

ハリーは、こんなに興奮したルシウス・マルフォイの声を、はじめて聞く。

「ドラコ、もし我々が闇の帝王にポッターを差し出したとなれば、なにもかも許され――」

「いいや、マルフォイ様、こいつを実際に捕まえたのがだれかを、お忘れではないでしょうな？」グレイバックが脅すようにルシウスを遮《さえぎ》る。

「もちろんだ。もちろんだとも！」

ルシウスはもどかしげに言い、自分自身でハリーに近づいた。あまりに近寄ってきたので、ハリーの腫《は》れ上がった目でさえ、いつもの物憂《ものう》げな青白い顔がはっきりと細かいところまで見える。ふくれ上がった顔は仮面のようで、ハリーは、まるで籠《かご》の籤《ひご》の間から外を覗いているような感じがする。

「いったいこいつになにをしたのだ？」ルシウスがグレイバックに聞く。「どうしてこんな顔になったのだ？」

「我々がやったのではない」

「むしろ『蜂刺《はちさ》しの呪い』のように見えるが」ルシウスが言う。

灰色の目が、ハリーの額《ひたい》をなめるように見た。

「ここになにかある」ルシウスが小声でつぶやく。「傷痕《きずあと》かもしれない。ずいぶん引き伸ばされている……ドラコ、ここにきてよく見るのだ！　どう思うか？」

ハリーは、今度は父親の顔のすぐ横に、ドラコの顔を近々と見る。瓜二つだ。しかし、興奮で我を忘れている父親に比べ、ドラコの表情はまるで気の進まない様子で、怯《おび》えているようにさえ見える。

「わからないよ」ドラコはそう言うと、母親が立って見ている暖炉のほうに歩き去る。

「確実なほうがいいわ、ルシウス」

ナルシッサが、いつもの冷たい、はっきりした声でルシウスに話しかけた。

「闇の帝王を呼び出す前に、これがポッターであることを完全に確かめたほうがいいわ……この者たちは、この杖《つえ》がこの子のものだと言うけれど」

ナルシッサはリンボクの杖を念入りに眺めている。

「でも、これはオリバンダーの話とはちがいます……もしも私たちがまちがいを犯せば、もしも闇の帝王を呼びもどしてむだ足だったら……ロウルとドロホフがどうなったか、覚えていらっしゃるでしょう？」

「それじゃ、この『穢《けが》れた血』はどうだ？」グレイバックがうなるように言う。「人さらい」たちがふたたび捕虜たちをぐいと回し、ハーマイオニーに明かりが当たるようにする。その拍子に、ハリーは足をすくわれて倒れそうになった。

「お待ち」ナルシッサが鋭く言う。「そう――そうだわ。この娘《こ》は、ポッターと一緒にマダム・マルキンの店にいたわ！　この子の写真を『予言者《よげんしゃ》』で見ました！　ご覧、ドラコ、この娘はグレンジャーでしょう？」

「僕……そうかもしれない……ええ」

「それなら、こいつはウィーズリーの息子だ！」ルシウスは、縛り上げられた捕虜たちのまわりを大股《おおまた》で歩き、ロンの前にきてさけんだ。

「やつらだ。ポッターの仲間たちだ――ドラコ、こいつを見るんだ。アーサー・ウィーズリーの息子で、名前はなんと言ったかな――？」

「ああ」ドラコは、捕虜たちに背を向けたまま答えた。「そうかもしれない」ハリーの背後で客間のドアが開き、女性の声がした。その声がハリーの恐怖をさらに強める。

「どういうことだ？　シシー、なにが起こったのだ？」

ベラトリックス・レストレンジが、捕虜のまわりをゆっくりと回る。そしてハリーの右側で立ち止まり、厚ぼったい瞼《まぶた》の下からハーマイオニーをじっと見る。

「なんと」ベラトリックスが静かに言う。「これがあの『穢《けが》れた血』の？　これがグレンジャーか？」

「そう、そうだ。それがグレンジャーだ！」ルシウスがさけぶ。「そしてその横が、たぶんポッターだ！　ポッターと仲間が、ついに捕まった！」

「ポッター？」

ベラトリックスはかん高くさけぶと後ずさりし、ハリーをよく見ようとする。

「たしかなのか？　さあ、それでは、闇の帝王に、すぐさまお報《しら》せしなくては！」

ベラトリックスは左の袖《そで》をまくり上げる。ハリーはその腕に、闇の印が焼きつけられているのを見た。ベラトリックスが、愛するご主人様を呼びもどすため、いまにもそれに触れようとしている――。

「私が呼ぼうと思っていたのだ！」

そう言うなり、ルシウスの手がベラトリックスの手首をにぎり、印に触れさせない。

「ベラ、私がお呼びする。ポッターは私の館に連れてこられたのだから、私の権限で――」

「おまえの権限！」

ベラトリックスは、にぎられた手を振り放そうとしながら、冷笑する。

「杖《つえ》を失ったとき、おまえは権限も失ったんだ、ルシウス！　よくもそんな口がきけたものだな！　その手を離せ！」

「これはおまえには関係がない。おまえがこいつを捕まえたわけではない――」

「失礼ながら、マルフォイの旦那《だんな》」グレイバックが割り込んでくる。「ポッターを捕まえたのは我々ですぞ。そして、我々こそ金貨を要求すべきで――」

「金貨？」

義弟の手を振りはらおうとしながら、もう一方の手でポケットの杖を探り、ベラトリックスが笑った。

「おまえは金貨を受け取るがいい、汚らしいハイエナめ。金貨など私が欲しがると思うか？　私が求めるのは名誉のみ。あの方の――あの方の――」

ベラトリックスは抗《あらが》うのをやめ、暗い目でハリーには見えないなにかをじっと見つめる。ベラトリックスを降伏させたと思ったルシウスは、有頂天でベラトリックスの手を放り出し、自分のローブの袖《そで》をまくり上げた――。

「待て！」

ベラトリックスがかん高い声を上げる。

「触れるな。いま闇の帝王がいらっしゃれば、我々は全員死ぬ！」ルシウスは、腕の印の上に人差し指を浮かせたまま硬直する。ベラトリックスがつかつかと、ハリーの視線の届く範囲から出ていった。

「これは、なんだ？」ベラトリックスの声が聞こえる。

「剣《つるぎ》だ」見えないところにいる男の一人が、ぶつぶつ答える。

「私によこすのだ」

「あんたのじゃねえよ、奥さん、おれんだ。おれが見つけたんだぜ」

バーンという音がして、赤い閃光《せんこう》が走る。ハリーには、その男が「失神《しっしん》呪文」で気絶させられたのだとわかる。仲間は怒ってわめき、スカビオールが杖《つえ》を抜く。

「この女、なんのまねだ？」

「ステューピファイ！　麻痺《まひ》せよ！」ベラトリックスがさけぶ。「麻痺せよ！」

一対四でも、「人さらい」ごときの敵う相手ではない。ハリーの知るベラトリックスは、並外れた技を持ち、良心を持たない魔女だ。「人さらい」たちは、全員その場に倒れた。グレイバックだけは、両腕を差し出した格好で、むりやりひざまずかせられている。ハリーは目の端で、手にグリフィンドールの剣をしっかりにぎった蒼白《そうはく》な顔のベラトリックスが、すばやく狼人間に迫るのをとらえた。

「この剣をどこで手に入れた？」

グレイバックの杖をやすやすともぎ取りながら、ベラトリックスが押し殺した声で聞く。

「よくもこんなことを！」

グレイバックがうなりを上げる。むりやりベラトリックスを見上げる姿勢を取らされ、口しか動かせない状態だ。グレイバックは鋭い牙《きば》をむき出す。

「術を解け、女！」

「どこでこの剣を見つけた？」

ベラトリックスは、剣をグレイバックの目の前で振り立てながら、繰り返してたずねる。

「これは、スネイプがグリンゴッツの私の金庫に送ったものだ！」

「あいつらのテントにあった」グレイバックがかすれ声で言う。「解けと言ったら解け！」

ベラトリックスが杖を振り、グレイバックは跳ねるように立ち上がった。しかし、用心してベラトリックスには近づかず、油断なく肘掛椅子《ひじかけいす》の後ろに回って、汚らしいねじれた爪で椅子の背をつかむ。

「ドラコ、このクズどもを外に出すんだ」

ベラトリックスは、気絶している男たちを指して言う。

「そいつらを殺《や》ってしまう度胸がないなら、私が片付けるから中庭に打っちゃっておきな」

「ドラコに対して、そんな口のききかたを――」

ナルシッサは激怒したが、ベラトリックスのかん高い声に押さえ込まれる。

「お黙り！　シシー、おまえなんかが想像する以上に、事は重大だ！　深刻な問題が起きてしまったのだ！」

ベラトリックスは立ったまま、少し喘《あえ》ぎながら剣を見下ろして、その柄《つか》を調べた。

それから黙りこくっている捕虜たちに目を向ける。

「もしも本当にポッターなら、傷つけてはいけない」

ベラトリックスは、だれに言うともなくつぶやく。

「闇の帝王は、ご自身でポッターを始末することをお望みなのだ……しかし、このことをあのお方がお知りになったら……私はどうしても……どうしても確かめなければ……」

ベラトリックスは、ふたたび妹を振り向く。

「私がどうするか考える間、捕虜たちを地下牢にぶち込んでおくんだ！」

「ベラ、ここは私の家です。そんなふうに命令することは――」

「言われたとおりにするんだ！　どんなに危険な状態なのか、おまえにはわかっていない！」

ベラトリックスは金切り声を上げる。恐ろしい狂気の形相だ。杖《つえ》から一筋の炎が噴き出し、絨毯《じゅうたん》に焼け焦げ穴をあける。

ナルシッサは一瞬、戸惑った後、おもむろに狼人間に向かって言う。

「捕虜を地下牢に連れていきなさい、グレイバック」

「待て」ベラトリックスが鋭く制した。「一人だけ……『穢《けが》れた血』を残していけ」

グレイバックは、満足げに鼻を鳴らす。

「やめろ！」ロンがさけぶ。「代わりに僕を残せ。僕を！」

ベラトリックスがロンの顔をなぐる。その音が部屋中に響いた。

「この子が尋問《じんもん》中に死んだら、次はおまえにしてやろう」ベラトリックスが吐《は》き棄《す》てる。「『血を裏切る者』は、『穢れた血』の次に気に入らないね。グレイバック、捕虜を地下へ連れていって、逃げられないようにするんだ。ただし、それ以上はなにもするな――いまのところは――」

ベラトリックスはグレイバックの杖《つえ》を投げ返し、ローブの下から銀の小刀を取り出した。ベラトリックスがハーマイオニーをほかの捕虜から切り離し、髪の毛をつかんで部屋の真ん中に引きずり出す間、グレイバックは、前に突き出した杖から抵抗し難い見えない力を発して、捕虜たちを別のドアまでむりやり歩かせ、暗い通路に押し込んだ。

「用済みになったら、あの女は、おれに娘を味見させてくれると思うか？」

捕虜に通路を歩かせながら、グレイバックが歌うように言う。

「一口か二口というところかな、どうだ、赤毛？」

ハリーはロンの震えを感じた。捕虜たちは、急な階段をむりやり歩かされ、背中合わせに縛られたままなので、いまにも足を踏み外して転落し、首の骨でも折ってしまいそうだ。階段下に、頑丈な扉がある。グレイバックは杖でたたいて開錠し、じめじめしたかび臭い部屋に全員を押し込んで、真っ暗闇の中に取り残す。地下牢の扉がバタンと閉まり、その響きがまだ消えないうちに、真上から恐ろしい悲鳴が長々と聞こえてきた。

「ハーマイオニー！」

ロンが大声を上げ、縛られているロープを振りほどこうと身もだえしはじめた。同じロープに縛られているハリーはよろめく。

「ハーマイオニー！」ハリーが言った。「ロン、黙って。方法を考えなくては――」

「静かにして！」「ハーマイオニー！　ハーマイオニー！」

「計画が必要なんだ。さけぶのはやめてくれ――このロープを解かなくちゃ――」

「ハリー？」暗闇からささやく声がする。「ロン？　あんたたちなの？」

ロンはさけぶのをやめた。近くでなにかが動く音がして、ハリーは、近づいてくる影に気づく。

「ハリー？　ロン？」

「ルーナ？」

「そうよ、あたし！　ああ、あんただけは捕まって欲しくなかったのに！」

「ルーナ、ロープを解くのを手伝ってくれる？」ハリーが言った。

「あ、うん、できると思う……なにか壊すときのために古い釘が一本あるもん……ちょっと待って……」

頭上からまたハーマイオニーのさけび声が聞こえた。ベラトリックスのわめき声も聞こえるが、なにを言っているのかは聞き取れない。ロンがまたさけんだからだ。

「ハーマイオニー！　ハーマイオニー！」

「オリバンダーさん？」

ハリーは、ルーナがそう呼ぶ声を聞く。

「オリバンダーさん、釘を持ってる？　ちょっと移動してくだされば……たしか水差しの横にあったと……」

ルーナはすぐにもどってきた。

「じっとしてないとだめよ」ルーナが言う。

ハリーは、ルーナが結び目を解こうとして、ロープの頑丈な繊維に穴を穿《うが》っているのを感じる。上の階からは、ベラトリックスの声が聞こえてくる。

「もう一度聞くよ！　剣《つるぎ》をどこで手に入れた？　どこだ？」

「見つけたの――見つけたのよ――やめて！」

ハーマイオニーがまた悲鳴を上げる。ロンはますます激しく身をよじり、錆びた釘が滑って、ハリーの手首に当たった。

「ロン、お願いだからじっとしてて！」ルーナが小声でたしなめる。「あたし、手元が見えないんだもン――」

「僕のポケット！」ロンが言う。「僕のポケットの中。『灯消《ひけ》しライター』がある。灯《あか》りが一杯詰まってるよ！」

数秒後、カチッと音がして、テントのランプから吸い取った光の玉がいくつも地下牢に飛び出した。もともとの出所にもどることのできない光は、小さな太陽のようにあちこちに浮かび、地下牢には光があふれた。ハリーはルーナを見る。白い顔に目ばかりが大きい。杖作《つえつく》りのオリバンダーが、部屋の隅で身動きもせずに身を丸めているのが見える。首を回して後ろを見ると、一緒に縛られている仲間が見えた。ディーンとグリップフックだ。小鬼は、ヒトと一緒に縛られているロープに支えられてやっと立ってはいたが、ほとんど意識がないように見える。

「ああ、ずっとよくなったわ。ありがとう、ロン」

ルーナは、そう言うと、また縄目をたたき切りにかかる。

「あら、こんにちは、ディーン！」

上からまた、ベラトリックスの声が聞こえてくる。

「おまえは嘘をついている。『穢《けが》れた血』め、私にはわかるんだ！　おまえたちはグリンゴッツの私の金庫に入ったんだろう！　本当のことを言え、本当のことを！」

またしても恐ろしいさけび声――。

「ハーマイオニー！」

「ほかにはなにを盗んだ？　ほかにはなにを手に入れたんだ？　本当のことを言え。さもないと、いいか、この小刀で切り刻んでやるよ！」

「ほうら！」

ハリーはロープが落ちるのを感じて、手首をさすりながら振り返る。ロンが低い天井を見上げて、撥《は》ね戸はないかと探しながら、地下牢を走り回っているのが目に入った。ディーンは傷を負い、血だらけの顔でルーナに「ありがとう」と言い、震えながらその場に立っている。しかしグリップフックは、ふらふらと右も左もわからないありさまで床に座り込んだ。色黒の顔に、幾筋もミミズ腫《ば》れが表れている。

ロンは、今度は杖《つえ》なしのまま「姿くらまし」しようとしている。

「出ることはできないんだもン、ロン」

ロンのむだなあがきを見ていたルーナが言う。

「地下牢は完全に逃亡不可能になってるもン。あたしも最初はやってみたし、オリバンダーさんは長くいるから、もう、なにもかも試してみたもン」

ハーマイオニーがまた悲鳴を上げ、その声は、肉体的な痛みとなってハリーの体を突き抜ける。自分の傷痕《きずあと》の激しい痛みはほとんど意識せずに、ハリーも地下牢を駆け回りはじめる。なにを探しているのか自分でもわからないまま、ハリーは壁という壁を手探りする。しかし心の奥では、こんなことをしてもむだだということはわかっていた。

「ほかにはなにを盗んだ？　答えろ！　クルーシオ！　苦しめ！」

ハーマイオニーの悲鳴が、上の階から壁を伝って響き渡る。ロンは壁を拳《こぶし》でたたきながら半分泣いていた。居ても立ってもいられず、ハリーは、首にかけたハグリッドの巾着《きんちゃく》をつかみ、中をかき回す。ダンブルドアのスニッチを引っ張り出し、なにを期待するのかもわからずに振ってみる――何事も起こらない。二つに折れた不死鳥の尾羽根の杖を振ってみるが、まったく反応がない――鏡の破片がキラキラと床に落ちた。そして、ハリーは明るいブルーの輝きを見た――。

ダンブルドアの目が、鏡の中からハリーを見つめている。

「助けて！」ハリーは、鏡に向かって必死にさけぶ。「僕たちはマルフォイの館の地下牢にいます。助けて！」

その目が瞬《また》いて、消えた。

ハリーには、本当にそこに目があったかどうかの確信もなかった。破片をあちこちに傾けてみるが、映るものと言えば牢獄の壁や天井ばかりだ。上から聞こえるハーマイオニーのさけび声が、ますますひどくなってきた。そしてハリーの横では、ロンが大声でさけんでいる。

「ハーマイオニー！　ハーマイオニー！」

「どうやって私の金庫に入った？」ベラトリックスのわめき声が聞こえる。「地下牢に入っている薄汚い小鬼が手助けしたのか？」

「小鬼には、今夜会ったばかりだわ！」ハーマイオニーがすすり泣きながら答えている。「あなたの金庫になんか、入ったことはないわ……それは本物の剣《つるぎ》じゃない！

ただの模造品よ、模造品なの！」

「贋物《にせもの》？」ベラトリックスがかん高い声を上げた。「ふんっ、うまい言い訳だ！」

「いや、簡単にわかるぞ！」ルシウスの声がした。「ドラコ、小鬼を連れてこい。剣が本物かどうか、あいつならわかる！」

ハリーは、グリップフックがうずくまっているところに飛んでいく。

「グリップフック」

ハリーは小鬼の尖《とが》った耳にささやく。

「あの剣《つるぎ》が贋物だって言ってくれ。やつらに、あれが本物だと知られてはならないんだ。グリップフック、お願いだ――」

だれかが地下牢への階段を急いで下りてくる音が聞こえ、次の瞬間、扉の向こうで、ドラコの震える声がした。

「みんな下がれ。後ろの壁に並んで立つんだ。おかしなまねをするな。さもないと殺すぞ！」

みな、命令に従った。鍵が回ったとたん、ロンが「灯消《ひけ》しライター」をカチッと鳴らす。光はロンのポケットに吸い取られて、地下牢は暗闇にもどった。扉がパッと開き、杖《つえ》を構えたドラコ・マルフォイが、青白い決然とした顔でつかつかと入ってくる。ドラコは小さいグリップフックの腕をつかみ、小鬼を引きずりながら後ずさりする。扉が閉まる。と同時に、バチンという大きな音が地下牢内に響いた。

ロンが「灯消しライター」をもう一度カチッと鳴らす。光の玉が三つ、ポケットから空中に飛び出し、たったいまそこに「姿現わし」した、屋敷しもべ妖精のドビーを照らし出した。

「ド――！」

ハリーはロンの腕をたたいて、ロンのさけびを止めた。ロンは、うっかりさけびそうになったことにぞっとしたようだ。頭上の床を歩く足音がする。ドラコがグリップフックを、ベラトリックスのところまで歩かせている。

ドビーは、テニスボールのような巨大な眼を見開いて、足の先から耳の先まで震えている。昔のご主人様の館にもどったドビーは、明らかに恐怖ですくみ上がっているようだ。

「ハリー・ポッター」蚊の鳴くようなキーキー声が震えている。「ドビーはお助けに参りました」

「でもどうやって――？」

恐ろしいさけび声が、ハリーの言葉をかき消す。ハーマイオニーがまた拷問を受けている。ハリーは大事な話だけにしぼることにした。

「君は、この地下牢から『姿くらまし』できるんだね？」

ハリーが聞くと、ドビーは耳をぱたぱたさせてうなずく。

「そして、ヒトを一緒に連れていくこともできるんだね？」

ドビーはふたたびうなずく。

「よーし、ドビー、ルーナとディーンとオリバンダーさんをつかんで、それで三人を——三人を——」

「ビルとフラーのところへ」ロンが指示する。「ティンワース郊外の『貝殻《かいがら》の家』へ！」

しもべ妖精は、三度《みたび》うなずいた。

「それから、ここにもどってきてくれ」ハリーが頼む。「ドビー、できるかい？」

「もちろんです、ハリー・ポッター」小さなしもべ妖精は小声で答えた。

ドビーは、ほとんど意識がないように見えるオリバンダーのところに急いで近づく。そして、杖作《つえつく》りの片方の手をにぎり、もう一方の手をルーナとディーンのほうに差し出した。二人とも動かない。

「ハリー、あたしたちもあんたを助けたいわ！」ルーナがささやく。

「君をここに置いていくことはできないよ！」ディーンも訴える。

「二人とも、行ってくれ！　ビルとフラーのところで会おう」

ハリーがそう言ったとたん、傷痕《きずあと》がこれまでにないほど激しく痛んだ。その瞬間ハリーは、だれかの姿を見下ろしていた。杖作りのオリバンダーではなく、同じくらい年老いてやせこけた男だ。しかも、嘲《あざけ》るように笑っている。

「殺すがよい、ヴォルデモート。私は死を歓迎する！　しかし私の死が、お前の求めるものをもたらすわけではない……お前の理解していないことが、なんと多いことか……」

ハリーはヴォルデモートの怒りを感じた。しかし、また響いてきたハーマイオニーのさけび声が、ハリーを呼びもどす。ハリーは怒りを締め出し、地下牢に、そして自分自身の現実の恐怖にもどってきた。

「行ってくれ！」ハリーはルーナとディーンに懇願する。「行くんだ！　僕たちはあとで行く。とにかく行ってくれ！」

二人は、しもべ妖精が伸ばしている指をつかむ。ふたたびバチンと大きな音がして、ドビー、ルーナ、ディーン、オリバンダーは消えた。

「あの音はなんだ？」

ルシウス・マルフォイの呼ばわる声が、頭上から聞こえてくる。

「聞こえたか？　地下牢のあの物音はなんだ？」

ハリーとロンは顔を見合わせた。

「ドラコ――いや、ワームテールを呼べ！　やつに、行って調べさせるのだ！」

頭上で、部屋を横切る足音がする。そして静かになった。地下牢からまだ物音が聞こえるかどうかと、客間のみなが耳を澄ましているにちがいない。

「二人で、やつを組み伏せるしかないな」

ハリーがロンにささやく。ほかに手はない。だれかがこの部屋に入って、三人の囚人がいないのを見つけたが最後、こっちの負けだ。

「明かりは点《つ》けたままにしておいて」ハリーがつけ加える。

扉の向こう側で、だれかが降りてくる足音がする。二人は扉の左右の壁に張りついて待つ。

「下がれ」ワームテールの声。「扉から離れろ。いま入っていく」

扉がぱっと開く。ワームテールは、ほんの一瞬、地下牢の中を見つめた。三個のミニ太陽が宙に浮かび、その明かりに照らし出された地下牢は、一見して空っぽだ。だが次の瞬間、ハリーとロンが、ワームテールに飛びかかった。ロンはワームテールの杖腕《つえうで》を押さえてねじり上げ、ハリーはワームテールの口を塞いで、声を封じる。三人は無言で取っ組み合った。ワームテールの杖から火花が飛び、銀の手がハリーの喉《のど》を絞める。

「ワームテール、どうかしたか？」

上からルシウス・マルフォイが呼びかけた。

「なんでもありません！」ロンが、ワームテールのゼィゼィ声をなんとかまねて答える。「異常ありません！」

ハリーは、ほとんど息ができない。

「僕を殺すつもりか？」

ハリーは息を詰まらせながら、金属の指を引きはがそうとした。

「僕はおまえの命を救ったのに？　ピーター・ペティグリュー、君は僕に借りがある！」

　銀の指が緩む。予想外だった。ハリーは驚きながら、ワームテールの口を手で塞いだまま、銀の手を喉元から振り解く。ハリーは驚きながら、色の薄い小さな目が、恐怖と驚きで見開かれている。わずかに衝動的な憐れみを感じたことを自分の手が思わず告白したことに、ワームテールもハリーと同じくらい衝撃を受けているようだった。ワームテールは弱みを見せた一瞬を埋め合わせるかのように、ますます力を奮って争う。

「さあ、それはいただこう」

ロンが小声でそう言いながら、ワームテールの左手から杖を奪う。杖も持たずたった一人で、ペティグリューの瞳孔《どうこう》は恐怖で広がっていく。その視線が、ハリーの顔から別なものへと移る。ペティグリューの銀の指が、情け容赦なく持ち主の喉元《のどもと》へと動いていく。

「そんな――」

ハリーはなにも考えずに、とっさに銀の手を引きもどそうとした。しかし止められない。ヴォルデモートが一番臆病な召使いに与えた銀の道具は、武装解除されて役立たずになった持ち主に矛先《ほこさき》を向ける。ペティグリューは、一瞬の躊躇《ちゅうちょ》、一瞬の憐憫《れんびん》の報いを受けた。二人の目の前でペティグリューは、自らの手に絞め殺されていく。

「やめろ！」

ロンもワームテールを放し、ハリーと二人で、ワームテールの喉《のど》をぐいぐい締めつけている金属の指を引っ張ろうとする。しかしむだだった。ペティグリューの顔から血の気が引いていく。

「レラシオ！　放せ！」

ロンが銀の手に杖《つえ》を向けて唱えるが、何事も起こらない。ワームテールはがくりと膝《ひざ》をつく。そのとき、ハーマイオニーの恐ろしい悲鳴が頭上から聞こえてきた。ワームテールは、顔がどす黒くなり、目がひっくり返って、最後に一度痙攣《けいれん》をしたきり動かなくなった。

ハリーとロンは、顔を見合わせる。そして、床に転がったワームテールの死体を残して階段を駆け上がり、客間に続く薄暗い通路へともどる。二人は半開きになっている客間のドアに慎重に忍び寄った。ベラトリックスが、グリップフックを見下ろしているのがよく見える。グリップフックは、グリフィンドールの剣《つるぎ》を指の長い両手で持ち上げている。ハーマイオニーは、ベラトリックスの足元に身動きもせずに倒れていた。

「どうだ？」ベラトリックスがグリップフックに聞く。「本物の剣か？」

ハリーは息を殺し、傷痕《きずあと》の痛みと戦いながら待った。

「いいえ」グリップフックが断言する。「贋物《にせもの》です」

「確かか？」ベラトリックスが喘《あえ》ぐ。「本当に、確かか？」

「確かです」小鬼が答えた。

ベラトリックスの顔に安堵の色が浮かび、緊張が解けていく。

「よし」

ベラトリックスは軽く杖を振って、小鬼の顔にもう一つ深い切り傷を負わせる。悲鳴を上げて足元に倒れた小鬼を、ベラトリックスは横に蹴り飛ばした。

「それでは」ベラトリックスが、勝ち誇った声で言う。「闇の帝王を呼ぶのだ！」

ベラトリックスは袖《そで》をまくり上げて、闇の印に人差し指で触れた。

とたんにハリーの傷痕に、またしてもぱっくり口を開いたかと思われるほどの激痛が走る。現実が消え去り、ハリーはヴォルデモートになっていた。

目の前の骸骨《がいこつ》のような魔法使いが、歯のない口をこちらに向けて笑っている。呼び出しを感じてヴォルデモートは激怒した――警告しておいたはずだ。ポッター以外のことでは俺様《おれさま》を呼び出すなと、あいつらに言ったはずだ。もしあいつらがまちがっていたなら……。

「さあ、殺せ！」老人が迫る。「お前は勝たない。お前は勝てない！　あの杖《つえ》は金輪際《こんりんざい》、お前のものにはならない――」

そして、ヴォルデモートの怒りが爆発した。牢獄を緑の閃光《せんこう》が満たし、弱り切った老体は硬いベッドから浮き上がって、魂の抜け殻《がら》が床に落ちた。ヴォルデモートは窓辺にもどる。激しい怒りは抑えようもない……自分を呼びもどす理由がなかったら、あいつらに俺様の報いを受けさせてやる……。

「それでは」ベラトリックスの声が言う。「この『穢《けが》れた血』を処分してもいいだろう。グレイバック、欲しいなら娘を連れていけ」

「やめろおおおおおおおおおお！」

ロンが客間に飛び込む。驚いたベラトリックスは、振り向いて杖をロンに向けなおす――。

「エクスペリアームス！　武器よ去れ！」

ロンがワームテールの杖をベラトリックスに向けてさけぶ。ベラトリックスの杖が宙を飛び、ロンに続いて部屋に駆け込んだハリーがそれを捕えた。ルシウス、ナルシッサ、ドラコ、グレイバックが振り向く。

「ステューピファイ！　麻痺《まひ》せよ！」ハリーがさけぶ。ルシウス・マルフォイが、暖炉の前に倒れた。ドラコ、ナルシッサ、グレイバックの杖から閃光が飛んだが、ハリーはぱっと床に伏せ、ソファーの後ろに転がって閃光を避ける。

「やめろ。さもないとこの娘の命はないぞ！」

ハリーは喘《あえ》ぎながらソファーの端から覗き見た。ベラトリックスが、意識を失っているハーマイオニーを抱え、銀の小刀をその喉元《のどもと》に突きつけている。

「杖を捨てろ」ベラトリックスが押し殺した声で命じる。「捨てるんだ。さもないと、『穢《けが》れた血』が、どんなものかを見ることになるぞ！」

ロンは、ワームテールの杖をにぎりしめたまま固まっている。ハリーは、ベラトリックスの杖を持ったまま立ち上がった。

「捨てろと言ったはずだ！」

ベラトリックスはハーマイオニーの喉元《のどもと》に小刀を押しつけて、かん高くさけぶ。ハリーはそこに血が滲《にじ》むのを見た。

「わかった！」

ハリーはそうさけび、ベラトリックスの杖《つえ》を足元の床に落とした。ロンも同じく、ワームテールの杖を、床に落とす。二人は両手を肩の高さに挙げた。

「いい子だ！」

ベラトリックスがにやりと笑う。

「ドラコ、杖を拾うんだ！　闇の帝王が御出《おい》でになる。ハリー・ポッター、おまえの死が迫っているぞ！」

ハリーにもそれはわかっている。傷痕《きずあと》は痛みで破裂しそうだ。ヴォルデモートが暗い荒れた海の上を、遠くから飛んでくるのを感じる。まもなく、ここに「姿現わし」できる距離まで近づくだろう。ハリーに逃れる道はない。

「さぁて」

ドラコが杖を集めて急いでもどる間、ベラトリックスが静かに言う。

「シシー、この英雄気取りさんたちを、我々の手でもう一度縛らないといけないようだよ。グレイバックが、ミス『穢《けが》れた血』の面倒をみているうちにね。グレイバックよ、闇の帝王は、今夜のおまえの働きに対して、その娘をお与えになるのをしぶりはなさらないだろう」
その言葉が終わらないうちに、奇妙なガリガリという音が上から聞こえてきた。全員が見上げると、クリスタルのシャンデリアが小刻みに震えている。そして、軋《きし》む音やチリンチリンという不吉な音とともに、シャンデリアが落ちてきた。その真下にいたベラトリックスは、ハーマイオニーを放り出し、悲鳴を上げて飛び退《の》く。シャンデリアは床に激突し、大破したクリスタルや鎖がハーマイオニーと小鬼の上に落ちる。小鬼はそれでも、しっかりとグリフィンドールの剣をにぎったままでいる。キラキラ光るクリスタルのかけらが、あたり一面に飛び散っている。ドラコは血だらけの顔を両手で覆い、体をくの字に曲げた。

ロンがハーマイオニーに駆け寄り、瓦礫《がれき》の下から引っ張り出そうとする。ハリーは、このチャンスを逃さなかった。肘掛《ひじかけ》椅子を飛び越え、ドラコがにぎっていた三本の杖をもぎ取り、三本ともグレイバックに向けてさけぶ。

「ステューピファイ！　麻痺《まひ》せよ！」

三倍もの呪文を浴びた狼人間は、撥《は》ね飛ばされて天井まで吹き飛び、床にたたきつけられて動かなくなった。

ナルシッサが、ドラコを傷つかないようにかばって引き寄せる一方、勢いよく立ち上がったベラトリックスは、髪を振り乱し、銀の小刀を振り回している。しかしナルシッサは、杖《つえ》をドアに向けていた。

「ドビー！」

ナルシッサのさけび声に、ベラトリックスでさえ凍りつく。

「おまえ！　おまえがシャンデリアを落としたのか――？」

小さなしもべ妖精は、震える指で昔の女主人を指さしながら、小走りで部屋の中に入ってくる。

「あなたは、ハリー・ポッターを傷つけてはならない」ドビーはキーキー声を上げた。

「殺してしまえ、シシー！」

ベラトリックスが金切り声を上げるが、またしてもバチンと大きな音がして、ナルシッサの杖もまた宙を飛び、部屋の反対側に落ちた。

「この汚らわしいチビ猿！」ベラトリックスがわめく。「魔女の杖を取り上げるとは！　よくもご主人様に歯向かったな！」

「ドビーにご主人様はいない！」

しもべ妖精がキーキー声で言う。

「ドビーは自由な妖精だ。そしてドビーは、ハリー・ポッターとその友達を助けにきた！」

ハリーは、傷痕《きずあと》の激痛で目がくらみそうだった。薄れる意識の中で、ハリーは、ヴォルデモートがくるまで、あと何秒もないことを感じ取っていた。

「ロン、受け取れ――そして逃げろ！」

ハリーは杖を一本放り投げてさけぶ。それから身をかがめて、グリップフックをシャンデリアの下から引っ張り出す。剣《つるぎ》をしっかり抱えたままうめいているグリップフックを肩に背負い、ドビーの手をとらえて、ハリーはその場で回転し、「姿くらまし」した。

暗闇の中に入り込む直前、もう一度客間の様子が見えた。ナルシッサとドラコの姿がその場に凍りつき、ロンの髪の赤い色が流れ、部屋の向こうからベラトリックスの投げた小刀が、ハリーの姿が消えつつあるあたりでぼやけた銀色の光になり――。

ビルとフラーのところ……貝殻《かいがら》の家……ビルとフラーのところ……

ハリーは、知らないところに「姿くらまし」した。目的地の名前を繰り返し、それだけで行けることを願うしかなかった。額《ひたい》の傷は突き刺すように痛み、小鬼の重みが肩にのしかかっている。ハリーは、背中にグリフィンドールの剣がぶつかるのを感じる。そのとき、ドビーが、ハリーににぎられている手をぐいっと引いた。もしかしたら妖精が、正しい方向へ導こうとしているのではないかと思い、ハリーは、それでよいと伝えようとして、ドビーの指をぎゅっとにぎり返した……。

そのとき、ハリーたちは固い地面を感じ、潮の香を嗅《か》ぐ。ハリーは膝《ひざ》をつき、ドビーの手を放して、グリップフックをそっと地面に下ろそうとした。

「大丈夫かい？」

小鬼が身動きしたのでハリーは声をかけるが、グリップフックはただひんひん鼻を鳴らすばかり。

ハリーは、暗闇を透かしてあたりを見回す。一面に星空が広がり、少し離れたところに小さな家が建っている。その外で動くものが見えたような気がした。

「ドビー、これが『貝殻《かいがら》の家』なの？」

ハリーは、必要があれば戦えるようにと、マルフォイの館から持ってきた二本の杖をしっかりにぎりながら、小声で聞く。

「僕たち、正しい場所に着いたの？　ドビー？」

ハリーはあたりを見回した。小さな妖精はすぐそばに立っている。

「ドビー！」

妖精がぐらりと傾いた。大きなキラキラした眼に、星が映っている。ドビーとハリーは同時に、妖精の激しく波打つ胸から突き出ている、銀の小刀の柄《つか》を見下ろした。

「ドビー――ああっ――だれか！」

ハリーは小屋に向かって、そこで動いている人影に向かって大声を上げる。

「助けて！」

人影が魔法使いかマグルか敵か味方か、ハリーにはわからない。そんなことはどうでもよかった。ドビーの胸に広がっていくどす黒い染みのことしか考えられず、ハリーに向かってすがりつくように伸ばされた細い両腕しか見えない。ハリーはドビーを抱き止めて、ひんやりした草に横たえた。

「ドビー、だめだ。死んじゃだめだ。死なないで――」

妖精の眼がハリーをとらえ、物言いたげに唇を震わせる。

「ハリー……ポッター……」

そして、小さく身を震わせ、妖精はそれきり動かなくなる。大きなガラス玉のような両眼が、もはや見ることのできない星の光をちりばめて、キラキラと光っていた。

第24章　杖作り

同じ悪夢に、二度引き込まれる思いがした。一瞬ハリーは、ホグワーツの一番高いあの塔の下で、ダンブルドアの亡骸《なきがら》の傍《かたわ》らにひざまずいている自分にもどった。しかし現実には、ベラトリックスの銀の小刀に貫かれて、草むらに丸くなっている小さな体を見つめている。しもべ妖精は、もはや呼びもどせない遠くに行ってしまったとはわかっていても、「ドビー……ドビー……」とハリーは呼び続けた。

やがてハリーは、結局は正しい場所に着いていたことを知る。ひざまずいて妖精を覗き込んでいるハリーのまわりに、ビル、フラー、ディーン、ルーナが集まってきていた。

「ハーマイオニーは？」ハリーが、突然思い出したように聞いた。「ハーマイオニーはどこ？」

「ロンが家の中に連れていったよ」ビルが言う。「ハーマイオニーは大丈夫だ」

ハリーは、ふたたびドビーを見つめ、手を伸ばして妖精の体から鋭い小刀を抜き取る。それから自分の上着をゆっくりと脱いで、毛布をかけるようにドビーを覆った。

どこか近くで、波が岩に打ちつけている。ビルたちの話し合う声を、ハリーは音としてのみ聞いていた。なにを話し合いなにを決めているかには、まったく興味がなかった。けがをしたグリップフックを家の中に運び込むディーンに、フラーが急いで従っていく。ビルは、妖精の埋葬についての提案をしている。ハリーは、自分がなにを言っているかもわからずに同意した。同意しながら小さな亡骸をじっと見下ろしたそのとき、傷痕《きずあと》が疼《うず》き、焼けるように痛み出す。どこかハリーの心の一部で、長い望遠鏡を逆に覗いたようにヴォルデモートの姿が遠くに見える。ハリーたちが去った後、マルフォイの館に残った人々を罰している姿だ。ヴォルデモートの怒りは凄《すさ》まじいものだったが、ドビーへの哀悼《あいとう》の念がその怒りを弱め、ハリーには、広大で静かな海のどこか遠いかなたで起こっている嵐のように感じられた。

「僕、きちんとやりたい」

ハリーが意識して口に出した、最初の言葉だ。

「魔法でなく。スコップはある？」

それからしばらくして、ハリーは作業を始める。たった一人で、ビルに示された庭の隅の、茂みと茂みの間に墓穴を掘りはじめた。ハリーは、憤りのようなものをぶつけながら掘る。魔法ではなく、汗を流して自分の力で掘り進めることに意味があった。汗の一滴一滴、手のマメの一つひとつが、自分たちの命を救ってくれた妖精への供養に思える。

傷痕《きずあと》は痛んだが、ハリーは痛みを制した。痛みを感じはしても、自分とはかけ離れたものとした。ついにハリーは心を制御し、ヴォルデモートに対して心を閉じる方法を身につけた。ダンブルドアが、スネイプからハリーに学び取らせたいと願った、まさにその技だ。シリウスの死の悲しみに胸塞がれ、ほかのことが考えられなかったハリーの心をヴォルデモートが乗っ取ることができなかったと同様、こうしてドビーを悼《いた》んでいる心にも、ヴォルデモートの想念は侵入することができない。深い悲しみが、ヴォルデモートを締め出したようだ……もっとも、ダンブルドアならもちろん、それを愛だと言ったことだろう……。

汗に悲しみを包み込み、傷痕の痛みを撥《は》ねのけて、ハリーは固く冷たい土を掘り続ける。暗闇の中で、自分の息と砕ける波の音だけを感じながら、ハリーはマルフォイの館で起こったことを考え、耳にしたことを思い出す。すると、闇に花が開くように、徐々にいろいろなことがわかってきた……。

穴を掘る腕の、規則的なリズムが頭の中にも刻《こ》まれる。秘宝……分霊箱《ぶんれいばこ》……秘宝……分霊箱……しかし、もうあのおかしな執念に身を焦がすことはない。喪失感と恐れが、妄執を吹き消していた。横面を張られて目が覚めたような気がする。

ハリーは深く、さらに深く墓穴を掘った。ハリーにはもうわかっていた。ヴォルデモートが今夜どこに行っていたのかを、ヌルメンガードの一番高い独房で、だれを、なぜ殺したのかも……。

そしてハリーは、ワームテールのことを想う。たった一度の、些細《ささい》な、無意識で衝動的な慈悲の心のせいで死んだのだ……ダンブルドアはそれを予測していた……ダンブルドアという人は、そのほか、どれほど多くのことを知っていたのだろう？

ハリーは時を忘れていた。ロンとディーンがもどってきたときにも、闇がほんの少し白んでいることに気づいただけだった。

「ハーマイオニーはどう？」

「だいぶよくなった」ロンが言う。「フラーが世話してくれてる」

二人がもし、杖《つえ》を使って完璧な墓を掘らないのはなぜかと聞いたら、ハリーはその答えを用意していた。しかし答える必要はなかった。二人はスコップを手に、ハリーの掘った穴に飛び降りて、十分な深さになるまで黙って一緒に掘った。

ハリーは、妖精が心地よくなるように、上着ですっぽりと包みなおす。ロンは墓穴の縁に腰掛けて靴を脱ぎ、ソックスを妖精の素足に履かせた。ディーンは毛糸の帽子を取り出し、ハリーがそれをドビーの頭に丁寧にかぶせて、こうもりのような耳を覆

「いいもン」

「目を閉じさせたほうが、いいもン」

闇の中をみなが近づいてくる音に、ハリーはそのときまで気づかなかった。ビルは旅行用のマントを着て、フラーは大きな白いエプロンをかけている。ポケットには、「骨生え薬」だと見分けがつく瓶《びん》が覗いている。借り物の部屋着を着たハーマイオニーは、青ざめた顔をして足元がまだふらついているようだ。そばに寄るハーマイオニーに、ロンは片腕を回す。フラーのコートに包《くる》まったルーナが、かがんでそっと妖精の瞼《まぶた》に指を触れ、見開いたままのガラス玉のような眼をつむらせる。

「ほーら」ルーナが優しく言う。「ドビーは眠っているみたい」

ハリーは妖精を墓穴に横たえ、小さな手足を眠っているかのように整える。そして穴から出て、最後にもう一度小さな亡骸《なきがら》を見つめた。ダンブルドアの葬儀を思い出す。ハリーは泣くまいとこらえる。何列も続く金色の椅子、前列には魔法大臣、ダンブルドアの功績を讃える弔辞《ちょうじ》、堂々とした白い大理石の墓。ハリーは、ドビーもそれと同じ壮大な葬儀に値すると思った。しかし妖精は、粗っぽく掘った穴で、茂みの間に横たわっている。

「あたし、なにか言うべきだと思う」突然、ルーナが声を上げる。「あたしから始めてもいい？」

そして、みなが見守る中、ルーナは墓穴の底の妖精の亡骸に語りかけた。

「あたしを地下牢から救い出してくれて、ドビー、本当にありがとう。そんなにいい人で勇敢なあなたが死んでしまうなんて、とっても不公平だわ。あなたがあたしたちにしてくれたことを、あたし、けっして忘れないもン。あなたがいま、幸せだといいな」

ルーナは、促すようにロンを振り返る。ロンは咳《せき》ばらいをして、くぐもった声で言葉を出す。

「うん……ドビー、ありがとう」

「ありがとう」ディーンがつぶやく。

ハリーはごくりと唾を飲む。

「さようなら、ドビー」

ハリーは、やっと、それだけしか言えなかった。しかし、ルーナがハリーの言いたいことを全部言ってくれている。ビルが杖《つえ》を上げると、墓穴の横の土が宙に浮き上がり、きれいに穴に落ちてきて、小さな赤みがかった塚ができた。

「僕、もう少しここにいるけど、いいかな？」ハリーがみなに聞く。

口々に返事をするつぶやき声は聞こえるが、言葉は聞き取れなかった。だれかが背中を優しくたたくのを感じる。そしてハリーを一人、妖精のそばに残して、みなは家に向かってぞろぞろともどっていった。

ハリーはあたりを見回す。海が丸くした大きな白い石が、いくつも花壇を縁取っている。ハリーは一番大きそうな石を一つ取り、ドビーの眠っている塚の頭のあたりに、枕のように置く。それから、杖《つえ》を取り出そうとポケットを探る。

杖は二本あった。なにがどうだったのか記憶が途切れ、いまとなってはだれの杖だったかも思い出すことができない。ただ、だれかの手からか、杖をもぎ取ったことだけは覚えている。ハリーは短いほうの杖を選んだ。それのほうが手になじむような気がする。そして杖を石に向けた。

ハリーのつぶやく呪文に従って、ゆっくりと、石の表面に文字が深く刻まれる。ハーマイオニーならもっときれいに、しかも、おそらくもっと早くできただろう。しかし、墓を自分で掘りたかったように、自分でその場所を記しておきたかった。ハリーが立ち上がったとき、石にはこう刻まれていた。

自由なしもべ妖精　ドビー　ここに眠る

ハリーは、しばらく自分の手作りの墓を見下ろしたあと、その場を離れた。傷痕《きずあと》はまだ少し疼《うず》いていたが、頭の中は、墓穴の中で浮かんだ考えで一杯になっている。闇の中ではっきりしてきた考えは、心を奪うものでもあり、恐ろしいものでもあった。ハリーが小さな玄関ホールに入ると、みなは居間にいた。話をしているビルに、みなが注目している。柔らかい色調のかわいい居間で、暖炉には、流木を薪《まき》にした小さな炎が明るく燃えていた。ハリーは、絨毯《じゅうたん》に泥を落としたくなかったので、入口に立って聞いていた。

「……ジニーが休暇中で幸いだった。ホグワーツにいたら、我々が連絡する前にジニーは捕まっていたかもしれない。ジニーもいまは安全だ」

ビルは振り返って、ハリーがそこに立っているのに気づく。

「僕は、みんなを『隠れ穴』から連れ出しているんだ」ビルが説明する。

「ミュリエルのところに移した。死喰い人はもう、ロンが君と一緒だということを知っているから、必ずその家族を狙う――謝らないでくれよ」

ハリーの表情を読んだビルが、一言つけ加える。

「どのみち、時間の問題だったんだ。父さんが、何か月も前からそう言っていた。僕たち家族は、最大の『血を裏切る者』なんだから」

「どうやってみんなを守っているの？」ハリーが聞く。

「『忠誠《ちゅうせい》の呪文』だ。父さんが『秘密《ひみつ》の守人《もりびと》』。この家にも同じことをした。僕が『秘密の守人』なんだ。だれも仕事に行くことはできないけれど、いまは、そんなことは枝葉の問題だ。オリバンダーとグリップフックがある程度回復したら、二人ともミュリエルのところに移そう。ここじゃあまり場所がないけれど、ミュリエルのところなら十分だ。グリップフックの足は治りつつある。フラーが『骨生え薬』を飲ませたからね。たぶん、二人を移動させられるのは、一時間後ぐらいで――」

「だめだ」

ハリーの言葉に、ビルは驚いたような顔をする。

「二人ともここにいて欲しい。話をする必要があるんだ。大切なことで」

ハリーは自分の声に力があり、確信に満ちた目的意識がこもっているのを感じた。ドビーの墓を掘っているときに意識した目的だ。みながいっせいに、どうしたのだろう、という顔をハリーに向ける。

「手を洗ってくるよ」

まだ泥とドビーの血がついている両手を見ながら、ハリーがビルに言う。

「そのあとすぐに、僕は二人に会う必要がある」

ハリーは小さなキッチンまで歩いていき、海を見下ろす窓の下にある流しに向かう。暗い庭で浮かんだ考えの糸を、ふたたびたどりながら手を洗っていると、水平線から明け初める空が、桜貝色と淡い金色に染まる……。

ドビーはもう、だれに言われて地下牢にきたのかを話してくれることはない。しかしハリーは、自分の見たものがなにか、わかっている。鏡の破片から、心を見通すような青い目が覗いていた。そして救いがやってきた。

「ホグワーツでは、助けを求める者には、必ずそれが与えられる」

ハリーは手を拭《ふ》く。窓から見える美しい景色にも、居間から聞こえる低い話し声にも、ハリーは心を動かされることがなかった。海のかなたを眺めながら、夜明けのこの瞬間、ハリーはいままでになく強く、自分がすべての核心に迫っていると感じていた。

しかし、額《ひたい》の傷痕《きずあと》はまだ疼《うず》いていた。ハリーには、ヴォルデモートもその核心に近づいていることがわかっている。とはいえ、頭ではわかっているが、納得していたわけではなかった。本能と頭脳が、別々のことをハリーに促している。頭の中のダンブルドアが、祈りのときのように組み合わせた指の上からハリーを観察しながら、ほほえんでいる。

あなたはロンに「灯消《ひけ》しライター」を与えた。あなたはロンを理解していた……あなたがロンに、もどるための手段を与えたのだ……。

そしてあなたはワームテールをも理解していた……わずかに、どこかに後悔の念があることを……。

もしあなたが彼らを理解していたとすれば……ダンブルドア、僕のことは、なにを理解していたのですか?

僕は知るべきだった。でも、求めるべきではなかったのですね? 僕にとって、それがどんなに辛《つら》いことか、あなたにはわかっていたのですね? だからあなたは、なにもかも、これほどまでに難しくしたのですね? 自分で悟る時間をかけさせるために、そうなさったのですね?

ハリーは、水平線に昇りはじめたまぶしい太陽の金色に輝く縁を、ぼんやりと見つめながらじっとたたずんでいた。それからきれいになった両手を見下ろし、その手にタオルがにぎられているのにふと気づいて、驚いた。タオルをそこに置き、ハリーは居間にもどる。そのとき、傷痕《きずあと》が怒りに疼《うず》いた。そしてほんの一瞬、水面に映るトンボの影のように、ハリーがよく知っているあの建物の輪郭が心をよぎる。

ビルとフラーが、階段の下に立っていた。

「グリップフックとオリバンダーに話がしたいんだけど」ハリーが言った。

「いけませーん」フラーが答える。「ア《ハ》リー、もう少し待たないとだめでーす。ふーたりとも病気で、疲れーていていて――」

「すみません」ハリーは冷静だった。「でも、待てない。いますぐ話す必要があるんです。秘密に――一人別々に。急を要することです」

「ハリー、いったいなにが起こったんだ?」ビルが聞く。「君は、死んだしもべ妖精と半分気絶した小鬼を連れて現れたし、ハーマイオニーは拷問を受けたみたいに見える。それに、ロンも、なにも話せないと言い張るばかりだ――」

「僕たちがなにをしているかは、話せません」ハリーはきっぱりと言い切った。「ビル、あなたは騎士団のメンバーだから、ダンブルドアが僕たちに、ある任務を残したことは知っているはずですね。でも、僕たち、その任務のことは、だれにも話さないことになっているんです」

フラーがいらだったような声を漏《も》らすが、ビルはフラーのほうを見ずに、ハリーをじっと見ている。深い傷痕に覆われたビルの顔から、その表情を読むことは難しかった。しばらくして、ビルがようやく口を開いた。

「わかった。どちらと先に話したい？」

ハリーは迷う。自分の決定になにが懸かっているかを、ハリーは知っている。残された時間はほとんどない。いまこそ決心すべきときだ。分霊箱《ぶんれいばこ》か、秘宝か？

「グリップフック」ハリーが言う。「グリップフックと先に話をします」

全速力で走ってきて、いましがた大きな障害物を越えたばかりというように、ハリーの心臓は早鐘を打っている。

「それじゃ、こっちだ」ビルが案内した。

階段を二、三段上がったところで、ハリーは立ち止まって振り返る。

「君たち二人にもきて欲しいんだ！」

居間の入口で、半分隠れてこそこそしていたロンとハーマイオニーに、ハリーが呼びかける。

二人は奇妙にほっとしたような顔で、明るみに出てきた。

「具合はどう？」ハリーがハーマイオニーに問いかける。「君ってすごいよ——あの女がさんざん君を痛めつけていたときに、あんな話を思いつくなんて——」

ハーマイオニーは弱々しくほほえみ、ロンは片腕でハーマイオニーをぎゅっと抱き寄せる。

「ハリー、今度はなにをするんだ？」ロンが聞く。

「いまにわかるよ。さあ」

ハリー、ロン、ハーマイオニーは、ビルに続いて急な階段を上がり、小さな踊り場に出た。そこは三つの扉へと続いている。

「ここで」ビルは自分たちの寝室のドアを開く。

そこからも海が見える。昇る朝日が、海を点々と金色に染めている。ハリーは窓に近寄り、壮大な風景に背を向けて、傷痕《きずあと》の疼《うず》きを意識しながら腕組みをして待った。ハーマイオニーは化粧テーブル脇の椅子に腰掛け、ロンはその椅子の肘掛《ひじか》けに腰を下ろした。

ビルが、小さな小鬼を抱えてふたたび現れ、そっとベッドに下ろす。グリップフックはうめき声で礼を言い、ビルはドアを閉めて立ち去った。

「ベッドから動かして、すまなかったね」ハリーが言う。「足の具合はどう？」

「痛い」小鬼が答える。「でも治りつつある」

グリップフックは、まだグリフィンドールの剣《つるぎ》を抱えたままだ。そして、半ば反抗的な、半ば好奇心に駆られた不可思議な表情をしている。ハリーは小鬼の土気色の肌や、長くて細い指、黒い瞳に目を止める。フラーが靴を脱がせていたので、小鬼の大きな足は汚れている。屋敷しもべ妖精より体は大きいが、それほどの差はない。半球状の頭は、人間の頭より大きい。

「君はたぶん覚えていないだろうけど――」ハリーが切り出す。

「――あなたがグリンゴッツをはじめて訪れたときに、金庫にご案内した小鬼が私だということをですか？」グリップフックが言う。「覚えていますよ、ハリー・ポッター。小鬼の間でも、あなたは有名です」

ハリーと小鬼は、見つめ合って互いの腹の中を探り合う。ハリーの傷痕は、まだ疼いている。ハリーは、グリップフックとの話し合いを早く終えてしまいたかったが、同時に、誤った動きをしてしまうことを警戒した。自分の要求をどう伝えるのが最善かを決めかねていると、小鬼が先に口を開いた。

「あなたは妖精を埋葬した」小鬼は、意外にも恨みがましい口調になっている。「隣の寝室の窓から、あなたを見ていました」

「そうだよ」ハリーが言った。

グリップフックは吊り上がった暗い目で、ハリーを盗み見る。

「あなたは変わった魔法使いです、ハリー・ポッター」

「どこが？」

ハリーは、無意識に額《ひたい》の傷をこすりながら聞いた。

「墓を掘りました」

「それで？」

グリップフックは答えない。ハリーは、マグルのような行動を取ったことを、軽蔑されているような気がしたが、グリップフックがドビーの墓を受け入れようが受け入れまいが、ハリーにとってはあまり重要なことではない。攻撃に出るために、ハリーは意識を集中させる。

「グリップフック、僕、聞きたいことが――」

「あなたは、小鬼も救った」

「えっ？」

「あなたは、私をここに連れてきた。私を救った」

「でも、別に困らないだろう？」ハリーは少しいらいらしながら言う。

「ええ、別に、ハリー・ポッター」

そう言ったあと、グリップフックは長い指一本をからませて、顎《あご》の細く黒いひげをひねる。

「でも、とても変な魔法使いです」

「そうかな」ハリーが言う。「ところでグリップフック、助けが必要なんだ。君にはそれができる」

小鬼は先を促すような様子は見せず、しかめ面のまま、こんなものを見るのははじめてだという目つきで、ハリーを見ている。

「僕は、グリンゴッツの金庫破りをする必要があるんだ」

こんな荒っぽい言い方をするつもりはなかったのに、言葉が口を突いて出てしまった。稲妻形の傷痕《きずあと》に痛みが走って、またしてもホグワーツの輪郭が見えたとたん、ハリーはしっかりと心を閉じた。グリップフックのほうを、先に終えてしまわなければならない。ロンとハーマイオニーは、ハリーがおかしくなったのではないかという表情で見つめている。

「ハリー――」

ハーマイオニーの言葉は、グリップフックによって遮《さえぎ》られた。

「グリンゴッツの金庫破り？」

小鬼はベッドで体の位置を変えながら、びくっとして繰り返す。

「不可能です」

「そんなことはないよ」ロンが否定する。「前例がある」

「うん」ハリーもうなずく。「君にはじめて会った日だよ、グリップフック。七年前の僕の誕生日」

「問題の金庫は、そのとき空でした。最低限の防衛しかありませんでした」

小鬼はぴしゃりと言い切る。グリンゴッツを去ったとは言え、銀行の防御が破られるという考えは腹に据《す》えかねるようだと、ハリーには理解できた。

「うん、僕たちが入りたい金庫は空じゃない。相当強力に護られていると思うよ」ハリーが続ける。「レストレンジ家の金庫なんだ」

ハーマイオニーとロンが、度肝を抜かれて顔を見合わせるのが目に入る。しかし、グリップフックが請け合ってくれれば、そのあとで、二人に説明する時間は十分あるだろう。

「可能性はありません」

グリップフックはにべもなく否定する。

「まったくありません。ゼロです。『おのれのものに　あらざる宝、わが床下に　求める者よ――』」

『盗人《ぬすびと》よ　気をつけよ――』うん、わかっている。覚えているよ」ハリーは辛抱強く、なおも続ける。「でも、僕は、宝を自分のものにしようとしているんじゃない。自分の利益のために、なにかを盗《と》ろうとしているわけじゃないんだ。信じてくれるかな？」

小鬼は、横目でハリーを見る。そのとき額《ひたい》の稲妻形の傷痕《きずあと》が疼《うず》くが、ハリーは痛みを無視し、引き込もうとする誘いも拒絶した。

「個人的な利益を求めない人だと、私が認める魔法使いがいるとすれば――」

グリップフックがようやく答えた。

「それは、ハリー・ポッター、あなたです。小鬼やしもべ妖精は、今夜あなたが示してくれたような保護や尊敬には慣れていません。杖《つえ》を持つ者がそんなことをするなんて」

「杖を持つ者」

ハリーが繰り返す。傷痕が刺すように痛み、ヴォルデモートが意識を北に向けているこのときに、そしてハリーが隣の部屋のオリバンダーに質問したくてたまらないというこのときに、その言葉はハリーの耳に奇妙に響いた。

「杖を持つ権利は」小鬼は静かに言う。「魔法使いと小鬼の間で、長い間論争されてきました」

「でも、小鬼は杖《つえ》なしで魔法が使える」ロンが言った。

「それは関係のないことです！　魔法使いは、杖の術の秘密をほかの魔法生物と共有することを拒みました。我々の力が拡大する可能性を否定したのです！」

「だって、小鬼も、自分たちの魔法を共有しないじゃないか」ロンが言う。「剣《つるぎ》や甲冑《かっ ちゅう》を、君たちがどんなふうにして作るかを、僕たちに教えてくれないぜ。金属加工については、小鬼は魔法使いが知らないやり方を――」

「そんなことはどうでもいいんだ」

グリップフックの顔に血が上ってきたのに気づいて、ハリーが遮《さえぎ》る。

「魔法使いと小鬼の対立じゃないし、そのほかの魔法生物との対立でもないんだ――」

グリップフックは、意地悪な笑い声を上げた。

「ところがそうなのですよ。まったくその対立なのです！　闇の帝王がいよいよ力を得るにつれて、あなたたち魔法使いは、ますますしっかりと我々の上位に立っている！　グリンゴッツは魔法使いの支配下に置かれ、屋敷しもべ妖精は惨殺されている。それなのに、杖を持つ者の中で、だれが抗議をしていますか？」

「私たちがしているわ！」

ハーマイオニーは背筋を正し、目をキラキラさせている。

「私たちが抗議しているわ！　それに、グリップフック、私は小鬼やしもべ妖精と同じぐらい厳しく狩り立てられているのよ！　私は『穢《けが》れた血』なの！」

「自分のことをそんなふうに――」ロンがぼそぼそとつぶやいた。

「どうしていけないの？」ハーマイオニーが言う。「『穢れた血』、それが誇りよ！　新しい秩序の下での私の地位は、グリップフック、あなたとちがいはないわ！　マルフォイの館で、あの人たちが拷問にかけるために選んだのは、私だったのよ！」

話しながら、ハーマイオニーは部屋着の襟《えり》を横に引いて、ベラトリックスにつけられた切り傷を見せた。喉《のど》に赤々と、細い傷が刻まれている。

「ドビーを解放したのがハリーだということを、あなたは知っていた？」ハーマイオニーが聞く。「私たちが、何年も前から屋敷しもべ妖精を解放したいと望んでいることを知っていた？」ロンは、ハーマイオニーの椅子の肘《ひじ》で、気まずそうにそわそわする。「グリップフック、『例のあの人』を打ち負かしたいという気持ちが、私たち以上に強い人なんかいないわ！」

グリップフックは、ハリーを見たときと同じような好奇の目で、ハーマイオニーを見つめている。

「レストレンジ家の金庫で、なにを求めたいのですか？」

グリップフックが唐突にたずねる。

「中にある剣《つるぎ》は贋物《にせもの》です。こちらが本物です」

グリップフックは三人の顔を順繰りに見回す。

「あなたたちは、もうそのことをご存知のようだ。あそこにいたとき、私に嘘をつくように頼みました」

「でも、その金庫にあるのは、偽《にせ》の剣だけじゃないだろう？」ハリーが聞く。「君は、ほかの物も見ているね？」

たぶん、ハリーの心臓は、これまでにないほど激しく打っていた。ハリーは、傷痕《きずあと》の疼《うず》きを無視しようと、さらにがんばる。

小鬼は、また指に顎《あご》ひげをからませる。

「グリンゴッツの秘密を話すことは、我々の綱領に反します。小鬼はすばらしい宝物の番人なのです。我々に託された品々は、往々にして小鬼の手によって鍛錬された物なのですが、それらの品に対しての責任があります」

小鬼は剣をなで、黒い目がハリー、ハーマイオニー、ロンを順に眺め、また逆の順で視線をもどす。

「こんなに若いのに」しばらくしてグリップフックが言う。「あれだけ多くの敵と戦うなんて」

「僕たちを助けてくれる？」ハリーが頼む。「小鬼の助けなしに押し入るなんて、とても望みがない。君だけが頼りなんだ」

「私は……考えてみましょう」

グリップフックは、腹立たしい答え方をした。

「だけど――」ロンが怒ったように口を開くが、ハーマイオニーはロンの脇腹を小《こ》突《づ》いた。

「ありがとう」ハリーが礼を言う。

小鬼は大きなドーム型の頭を下げて礼に応《こた》え、それから短い足を曲げる。

「どうやら」ビルとフラーのベッドに、これ見よがしに横になり、グリップフックが言う。「『骨生え薬』の効果が出たようです。やっと眠れるかもしれません。失礼して……」

「ああ、もちろんだよ」ハリーが言った。

部屋を出るとき、ハリーはかがんで小鬼の横からグリフィンドールの剣を取った。グリップフックは逆らわなかったが、ドアを閉めるときに、小鬼の目に恨みがましい色が浮かぶのを、ハリーは見たような気がする。

「いやなチビ」ロンがささやく。「僕たちがやきもきするのを、楽しんでやがる」

「ハリー」

ハーマイオニーが二人をドアから離し、まだ暗い踊り場の真ん中まで引っ張っていく。

「あなたの言っていることは、つまりこういうことかしら？　レストレンジ家の金庫に、分霊箱《ぶんれいばこ》が一つある。そういうことなの？」

「そうだ」ハリーが断言する。「ベラトリックスは、僕たちがそこに入ったと思って、逆上するほど怯《おび》えていた。どうしてだ？　僕たちがなにを見たと思ったんだろう？　僕たちが、ほかになにを取ったと思ったんだろう？『例のあの人』に知れるのではないかと思うと、ベラトリックスが正気を失うほど恐れる物なんだよ」

「でも、僕たち、『例のあの人』がいままで行ったことのある場所を探してるんじゃなかったか？　あの人が、なにか重要なことをした場所じゃないのか？」ロンは困惑した顔をする。「あいつがレストレンジ家の金庫に、入ったことがあるって言うのか？」

「グリンゴッツに入ったことがあるかどうかは、わからない」ハリーが言う。「あいつは、若いとき、あそこに金貨なんか預けていなかったはずだ。だれもなにも遺《のこ》してくれなかったんだから。でも、銀行を外から見たことはあっただろう。ダイアゴン横丁に最初に行ったときに」

傷痕《きずあと》がずきずき痛んだが、ハリーは無視をする。オリバンダーと話をする前に、ロンとハーマイオニーに、グリンゴッツのことを理解しておいて欲しかった。

「あいつは、グリンゴッツの金庫の鍵を持つ者を、羨《うらや》ましく思ったんじゃないかな。あの銀行が、魔法界に属していることの真の象徴に見えたんだと思う。それに、忘れてならないのは、あいつが、ベラトリックスとその夫を信用していたということだ。二人とも、あいつが力を失うまで、最も献身的な信奉者だったし、あいつが消えてからも探し求め続けた。あいつが蘇《よみがえ》った夜にそう言うのを、僕は聞いた」

ハリーは傷痕をこする。

「だけど、ベラトリックスに、分霊箱を預けるとは言わなかったと思う。ルシウス・マルフォイにも、日記に関する本当のことは一度も話していなかった。ベラトリックスにはたぶん、大切な所持品だから、金庫に入れておくようにと頼んだんだろう。ハグリッドが僕に教えてくれたよ。なにかを安全に隠しておくには、グリンゴッツが一番だって……ホグワーツ以外にはね」

ハリーが話し終えると、ロンがうなずきながら言葉にした。

「君って、ほんとに『あの人』のことがわかってるんだな」

「あいつの一部だ」ハリーが言う。「一部だけなんだ……僕、ダンブルドアのことも、それくらい理解できていたらよかったのに。でも、そのうちに――。さあ――今度はオリバンダーだ」

ロンとハーマイオニーは当惑顔だったが、感心したようにハリーのあとに従って、小さな踊り場を横切る。ハリーがビルとフラーの寝室の向かい側のドアをノックすると、「どうぞ！」という弱々しい声が返ってきた。

杖作《つえつく》りのオリバンダーは、窓から離れた奥のツインベッドに横たわっていた。一年以上地下牢に閉じ込められ、ハリーの知るかぎり、少なくとも一度は拷問を受けたはずだ。やせ衰え、黄ばんだ肌から顔の骨格がくっきりと突き出ている。大きな銀色の目は、眼窩《がんか》が落ち窪んで巨大に見える。毛布の上に置かれた両手は、骸骨《がいこつ》の手と言ってもいいほどだ。ハリーは、空いているベッドに、ロンとハーマイオニーと並んで腰掛ける。ここからは、昇る朝日は見えない。部屋は、崖の上に作られた庭と、掘られたばかりの墓とに面している。

「オリバンダーさん、お邪魔してすみません」ハリーが言った。

「いやいや」オリバンダーはか細い声で言う。「あなたは、わしらを救い出してくれた。あそこで死ぬものと思っていたのに。感謝しておるよ……いくら感謝しても……し切れないぐらいに」

「お助けできてよかった」

ハリーの傷痕《きずあと》が疼《うず》く。ヴォルデモートよりも先に目的地に行くにしても、ヴォルデモートの試みを挫《くじ》くにしても、もはやほとんど時間がないことをハリーは承知している。いや、確信していると言ってもいい。ハリーは突然恐怖を感じた……しかし、グリップフックに先に話をするという選択をしたときに、ハリーの心は決まっていた。むりに平静を装い、ハリーは首からかけた巾着《きんちゃく》の中を探って、二つに折れた杖を取り出した。

「オリバンダーさん、助けて欲しいんです」

「なんなりと、なんなりと」杖作りは弱々しく答えた。

「これをなおせますか？　可能ですか？」

オリバンダーは震える手を差し出し、ハリーはその手のひらに、辛《かろ》うじて一つにつながっている杖を置く。

「柊《ひいらぎ》と不死鳥の尾羽根」オリバンダーは、緊張気味に震える声で言う。「二十八センチ、良質でしなやか」

「そうです」ハリーが重ねてたずねる。「できますか――？」

「いや」オリバンダーがささやくように言う。「すまない。本当にすまない。しかし、ここまで破壊された杖は、わしの知っておるどんな方法をもってしても、なおすことはできない」

ハリーは、そうだろうと心の準備はしていたものの、やはり少なからず落胆する。二つに折れた杖を引き取り、ハリーは首にかけた巾着にもどした。オリバンダーは、破壊された杖《つえ》が消えたあたりをじっと見つめ続け、マルフォイの館から持ち帰った二本の杖をポケットから取り出すまで、ハリーから目を逸《そ》らさなかった。

「どういう杖か、見ていただけますか?」ハリーが頼む。

杖作りは、その中の一本を取って、弱った目の近くにかざし、関節の浮き出た指の間で転がしてからちょっと曲げる。

「鬼胡桃《おにくるみ》とドラゴンの琴線」オリバンダーが言った。「三十二センチ。頑固。この杖はベラトリックス・レストレンジのものだ」

「それじゃ、こっちは?」

オリバンダーは同じようにして調べる。

「サンザシと一角獣《ユニコーン》のたてがみ。きっちり二十五センチ。ある程度弾力性がある。これはドラコ・マルフォイの杖だった」

「だった?」ハリーが繰り返す。「いまでも、まだドラコのものでしょう?」

「たぶんちがう。あなたが奪ったのであれば――」

「――ええ、そうです――」

「――それなら、この杖はあなたのものであるかもしれない。もちろん、どんなふうに手に入れたかが関係してくる。杖そのものに負うところもまた大きい。しかし、一般的に言うなら、杖を勝ち取ったのであれば、杖の忠誠心は変わるじゃろう」

部屋は静かだった。遠い波の音だけが聞こえている。

「まるで、杖が感情を持っているような話し方をなさるんですね」ハリーが続ける。「まるで、杖が自分で考えることができるみたいに」

「杖が魔法使いを選ぶのじゃ」オリバンダーが答える。「そこまでは、杖の術を学んだ者にとっては、常に明白なことじゃった」

「でも、杖に選ばれていなくとも、その杖を使うことはできるのですか？」ハリーが聞いた。

「ああ、できますとも。いやしくも魔法使いなら、ほとんどどんな道具を通してでも、魔法の力を伝えることができる。しかし、最高の結果は必ず、魔法使いと杖との相性が一番強いときに得られるはずじゃ。こうしたつながりは、複雑なものがある。最初に惹《ひ》かれ合い、それからお互いに経験を通して探求する。杖は魔法使いから、魔法使いは杖から学ぶのじゃ」

寄せては返す波の音は、哀調を帯びていた。

「僕はこの杖を、ドラコ・マルフォイから力ずくで奪いました」ハリーが言う。「僕が使っても安全でしょうか？」

「そう思いますよ。杖の所有権を司る法則には微妙なものがあるが、克服された杖は、通常、新しい持ち主に屈服するものじゃ」

「それじゃ、僕はこの杖《つえ》を使うべきかなぁ？」

ロンが、ワームテールの杖をポケットから出して、オリバンダーに渡す。

「栗とドラゴンの琴線。二十三・五センチ。脆《もろ》い。誘拐されてからまもなく、わしはピーター・ペティグリューのためにむりやりこの杖を作らされた。そうじゃとも、君が勝ち取った杖じゃから、ほかの杖よりもよく君の命令を聞き、よい仕事をするじゃろう」

「そして、そのことは、すべての杖に通用するのですね？」ハリーが聞く。

「そうじゃろうと思う」

窪《くぼ》んだ眼窩《がんか》から飛び出した目でハリーの顔をじっと見据《みす》えながら、オリバンダーが答える。

「ポッターさん、あなたは深遠なる質問をする。杖の術は、魔法の中でも複雑で神秘的な分野なのじゃ」

「それでは、杖の真の所有者になるためには、前の持ち主を殺す必要はないのですね？」ハリーは核心に迫る。

オリバンダーはごくりと唾を飲む。

「必要？　いいや、殺す必要がある、とは言いますまい」

「でも、伝説があります」

ハリーの動悸《どうき》はさらに高まり、傷痕《きずあと》の痛みはますます激しくなっている。ヴォルデモートが考えを実行に移す決心をしたのだと、ハリーは確信した。

「一本の杖の伝説です――数本の杖かもしれません――殺人によって手から手へと渡されてきた杖です」

オリバンダーは青ざめた。雪のように白い枕の上で、オリバンダーの顔色は薄い灰色に変わり、巨大な目は、恐怖からか血走って飛び出している。

「それは、ただ一本の杖じゃと思う」オリバンダーがささやくように言う。

「そして、『例のあの人』は、その杖に興味があるのですね？」ハリーが聞いた。

「わしは――どうして？」

オリバンダーの声がかすれ、ロンとハーマイオニーに助けを求めるように目を向ける。

「どうしてあなたはそのことを？」

「『あの人』はあなたに、どうすれば僕と『あの人』の杖の結びつきを克服できるのかを、言わせようとした」ハリーが言った。

オリバンダーは、怯《おび》えた目をする。

「わしは拷問されたのじゃ。わかってくれ！『磔《はりつけ》の呪文』で、わしは――わしは知っていることを、そうだと推定することを、あの人に話すしかなかった！」

「わかります」ハリーが肯定する。「『あの人』に、双子の杖芯《つえしん》のことを話しましたね？　だれかほかの人の杖を借りればよいと言いましたね？」

オリバンダーは、ハリーがあまりにもよく知っていることにぞっとして、金縛《かなしば》りにあったように見える。ゆっくりと、オリバンダーがうなずいた。

「でも、それがうまくいかなかった」ハリーは話し続ける。「それでも僕の杖は、借りた杖を打ち負かした。なぜなのか、おわかりになりますか？」

オリバンダーは、うなずいたときと同じくらいゆっくりと、首を横に振る。

「わしは……そんな話を聞いたことがない。あなたの杖は、あの晩、なにか独特なことをしたのじゃ。双子の芯が結びつくのも信じられないくらい稀《まれ》なことじゃが、あなたの杖がなぜ借り物の杖を折ったのか、わしにはわからぬ……」

「さっき、別の杖のことを話しましたね。殺人によって持ち主が変わる杖のことです。『例のあの人』が、僕の杖がなにか不可解なことをしたと気づいたとき、あなたのところにもどって、その別の杖のことを聞きましたね？」

「どうして、それを知っているのかね？」

ハリーは答えない。

「たしかに、それを聞かれた」オリバンダーはささやくように言う。「『死の杖』、『宿命の杖』、『ニワトコの杖』など、いろいろな名前で知られるその杖について、わしが知っておることを、『あの人』はすべて知りたがった」

ハリーは、ハーマイオニーをちらりと横目で見た。びっくり仰天した顔をしている。

「闇の帝王は」

オリバンダーは押し殺した声で、怯《おび》えたように話す。

「わしが作った杖にずっと満足していた――イチイと不死鳥の尾羽根。三十四センチ――双子の芯の結びつきを知るまでは、じゃが。いまは別の、もっと強力な杖を探しておる。あなたの杖を征服するただ一つの手段として」

「けれど、いまはまだ知らなくとも、あの人にはもうすぐわかることです。僕の杖が折れて、なおしようがないということを」ハリーは静かに言う。

「やめて！」ハーマイオニーは怯《おび》え切ったように訴える。「わかるはずがないわ、ハリー、あの人に、どうしてわかるって――？」

「直前呪文だ」ハリーが説明する。「ハーマイオニー、君の杖とリンボクの杖を、マルフォイの館に残してきた。連中がきちんと調べて、最近どんな呪文を使ったかを再現すれば、君の杖が僕のを折ったことがわかるだろうし、君が、僕の杖をなおそうとしてなおせなかったことも知るだろう。そして、僕がそれからずっとリンボクの杖を使っていたことも」

この家に到着して、少しは赤みが注していたハーマイオニーの顔から、さっと血の気が引く。ロンはハリーを非難するような目で見て、「いまは、そんなこと心配するのはよそう――」と言う。

しかしオリバンダーが口を挟んだ。

「闇の帝王は、ポッターさん、もはやあなたを滅ぼすためにのみ『ニワトコの杖《つえ》』を求めておるのではないのじゃ。絶対に所有すると決めておる。そうすれば、自分が真に無敵になると信じておるからじゃ」

「そうなのですか?」

「『ニワトコの杖』の持ち主は、常に攻撃されることを恐れねばならぬ」オリバンダーが言う。「しかしながら、『死の杖』を所有した『闇の帝王』は、やはり……恐るべき強大さじゃ」

ハリーは、最初にオリバンダーに会ったとき、あまり好きになれない気がしたことを突然思い出す。ヴォルデモートに拷問され牢に入れられたいまになっても、あの闇の魔法使いが「死の杖」を所有すると考えることは、このオリバンダーにとって、嫌悪感を催す以上にぞくぞくするほど強く心を奪われるものであるらしい。

「あなたは――それじゃ、オリバンダーさん、その杖が存在すると、本当にそう思っていらっしゃるのですか?」ハーマイオニーが聞いた。

「ああ、そうじゃ」オリバンダーが答える。「その杖がたどった跡を、歴史上追うことは完全に可能じゃ。もちろん歴史の空白はある。しかも長い空白によって、一時的に失われたとか隠されたとかで、杖が姿を消したことはある。しかし、必ずまた現れる。この杖は、杖の術に熟達した者なら、必ず見分けることができる特徴を備えておる。不明瞭な記述も含めてじゃが、文献も残っており、わしら杖作り仲間は、それを研究することを本分としておる。そうした文献には、確実な信憑性《しんぴょうせい》がある」

「それじゃ、あなたは――お伽噺《とぎばなし》や神話だとは思わないのですね？」

ハーマイオニーは未練がましく問いなおす。

「そうは思わない」オリバンダーが答え続ける。「殺人によって受け渡される必要があるかどうかは、わしは知らない。その杖の歴史は血塗られておるが、それは単に、それほどに求められる品であり、それほどに魔法使いの血を駆り立てる物だからかもしれぬ。計り知れぬ力を持ち、まちがった者の手に渡れば危険ともなり、我々、杖の力を学ぶ者すべてにとっては、信じがたいほどの魅力を持った品じゃ」

「オリバンダーさん」ハリーが言う。「あなたは『例のあの人』に、グレゴロビッチが『ニワトコの杖』を持っていると教えましたね？」

これ以上青ざめようのないオリバンダーの顔が、いっそう青ざめる。ごくりと生唾を飲んだ顔はゴーストのようだ。

「どうして――どうしてあなたがそんなことを――？」

「僕がどうして知ったかは、気にしないでください」

傷痕《きずあと》が焼けるように痛み、ハリーは一瞬目を閉じる。ほんの数秒間、ホグズミードの大通りが見えた。はるか北に位置する村なので、まだ暗い。

「『例のあの人』に、グレゴロビッチが杖《つえ》を持っていると教えたのですか？」

「噂《うわさ》じゃった」オリバンダーがささやく。「何年も前の噂じゃ。あなたが生まれるよりずっと前の！　わしはグレゴロビッチ自身が噂の出所じゃと思っておる。『ニワトコの杖』を調べ、その性質を複製するということが、杖の商売にはどんなに有利かわかるじゃろう！」

「ええ、わかります」ハリーはそう言って立ち上がる。「オリバンダーさん、最後にもう一つだけ。そのあとは、どうぞ少し休んでください。『死の秘宝』についてなにかご存知ですか？」

「え？――なんと言ったのかね？」杖作りはきょとんとした顔をしている。

「『死の秘宝』です」

「なんのことを言っているのか、すまないがわしにはわからん。それも、杖に関係のあることなのかね？」

ハリーはオリバンダーの落ち窪《くぼ》んだ顔を見つめ、知らぬふりをしているわけではないことを確信する。「秘宝」については知らないようだ。

「ありがとう」ハリーは礼を述べる。「本当にありがとうございました。僕たちは出ていきますから、どうぞ少し休んでください」

オリバンダーは、打ちのめされたような顔をする。

「『あの人』はわしを拷問した！」オリバンダーは喘《あえ》いだ。「『磔《はりつけ》の呪い』……どんなにひどいかわからんじゃろう……」

「わかります」ハリーが答えた。「ほんとにわかるんです。どうぞ少し休んでください。いろいろ教えていただいて、ありがとうございました」

ハリーは、ロンとハーマイオニーの先に立って階段を下りる。ビル、フラー、ルーナ、ディーンが紅茶カップを前に、キッチンのテーブルに着いているのがちらりと見えた。入口にハリーの姿が見えると、みないっせいにハリーを見る。しかし、ハリーはみなに向かってうなずくただけで、そのまま庭に出ていった。ロンとハーマイオニーがあとから従う。少し先にあるドビーを葬った赤味がかった土の塚まで、ハリーは歩いた。頭痛がますますひどくなっている。むりやり入ってこようとする映像を締め出すのは、いまや生やさしい努力ではない。しかし、もう少しだけ耐えればいいことを、ハリーは知っていた。まもなくハリーは屈服するだろう。なぜなら、自分の考えが正しいことを知る必要があるからだ。ロンとハーマイオニーに説明し終わるまで、あと少しだけ、もうひとがんばりしなければならない。

「グレゴロビッチは、ずいぶん昔、『ニワトコの杖《つえ》』を持っていた」ハリーが話し出す。「『例のあの人』がグレゴロビッチを探そうとしているところを、僕は見たんだ。見つけ出したときには、グレゴロビッチがもう杖を持っていないことを、『あの人』は知った。グリンデルバルドに盗まれたということを知ったんだ。グリンデルバルドはどうやって、グレゴロビッチが杖を持っていることを知ったかはわからない――でも、グレゴロビッチが自分から噂《うわさ》を流すようなばかなまねをしたというなら、知るのはそれほど難しくはなかっただろう」

ヴォルデモートはホグワーツの校門にいる。ハリーは、そこに立つヴォルデモートを見る。同時に、夜明け前の校庭から、ランプが揺れながら校門に近づいてくるのも見える。

「それで、グリンデルバルドは『ニワトコの杖』を使って、強大になった。その力が最高潮に達したとき、ダンブルドアは、それを止めることができるのは自分一人だと知り、グリンデルバルドと決闘して打ち負かした。そして『ニワトコの杖』を手に入れたんだ」

「ダンブルドアが『ニワトコの杖』を？」ロンが言う。「でも、それなら――杖はいまどこにあるんだ？」

「ホグワーツだ」ハリーが答える。

二人と一緒にいるこの崖上の庭に踏みとどまろうと、ハリーは、自分自身と必死に戦っていた。

「それなら、行こうよ！」ロンが焦る。「ハリー、行って杖を取ろう。あいつがそうする前に！」

「もう遅すぎる」ハリーが言う。

意識を引き込まれまいと抵抗する自分自身の頭を助けようとして、ハリーは思わずしっかり頭をつかんでいた。

「あいつは杖のある場所を知っている。いま、あいつはそこにいる」

「ハリー！」ロンがかんかんに怒った。「どのくらい前からそれを知ってたんだ？――僕たち、どうして時間をむだにしたんだ？　なんでグリップフックに先に話をしたんだ？　もっと早く行けたのに――いまからでもまだ――」

「いや」ハリーは草に膝《ひざ》をついてしゃがみ込む。

「ハーマイオニーが正しかった。ダンブルドアは僕にその杖を持たせたくなかった。その杖を取らせたくなかったんだ。僕には分霊箱《ぶんれいばこ》を見つけ出させたかったんだ」

「無敵の杖《つえ》だぜ、ハリー！」ロンがうめく。

「僕はそうしちゃいけないはずなんだ……僕は分霊箱《ぶんれいばこ》を探すはずなんだ……」

そして突然、なにもかもが涼《すず》しく、暗くなる。太陽は地平線からまだほとんど顔を出しておらず、ハリーは、スネイプと並んで、湖へと校庭を滑るように歩いている。

「事の後に、城でおまえに会うことにする」彼は高い冷たい声で言う。「さあ、俺様《おれさま》を一人にするのだ」

スネイプは頭を下げ、黒いマントを後ろになびかせて、いまきた道をもどっていく。ハリーはスネイプの姿が消えるのを待ちながら、ゆっくりと歩く。これから自分が行くところを、スネイプは見てはならない、いや、実は何人《なんぴと》も見てはならないのだ。幸い、城の窓には明かりもなく、しかも彼は自分を隠すことができる……一瞬にして彼は自分に「目くらまし術」をかけ、自分の目からさえ姿を隠した。

そして彼は、湖の縁を歩き続ける。いとおしい城、自分の最初の王国、自分が受け継ぐ権利のある城の輪郭をじっくり味わいながら……。

そして、ここだ。湖のほとりに建ち、その影を暗い水に映している白い大理石の墓。見知った光景には不必要な汚点だ。彼はふたたび、抑制された高揚感が押し寄せてくるのを感じた。破壊の際に感じる、あの陶然とした目的意識だ。彼は古いイチイの杖を上げた。この杖の最後の術としては、なんとふさわしい。

墓は、上から下まで真っ二つに割れて開いた。帷子《かたびら》に包まれた姿は、生前と同じように細く長い。彼はもう一度杖を上げる。

覆いが落ちた。死に顔は青く透き通り、落ち窪んではいたが、ほとんど元のまま保たれている。曲がった鼻に、メガネが載せられたままだ。彼は、ばかばかしさを嘲笑《あざわら》いたかった。ダンブルドアの両手は胸の上に組まれ、それはそこに、両手の下にしっかり抱かれて、ダンブルドアとともに葬られていた。

この老いぼれは、大理石か死が、杖を護るとでも思ったのか？　闇の帝王が墓を冒《ぼう》涜《とく》することを恐れるとでも思ったのか？　蜘蛛《くも》のような指が襲いかかり、ダンブルドアが固く抱く杖を引っ張った。彼がそれを奪ったとき、杖の先から火花が噴き出し、最後の持ち主の亡骸《なきがら》に降りかかった。杖はついに、新しい主人に仕える準備ができたようだ。

第25章　貝殻の家

ビルとフラーの家は、海を見下ろす崖の上に建つ、白壁に貝殻《かいがら》を埋め込んだ一軒家だ。寂しくも、美しい場所だ。潮の満ち干の音が、小さな家の中にいても庭でも、大きな生物がまどろむ息のように、ハリーに絶え間なく聞こえてくる。家に着いてから二、三日の間、混み合った家から逃れる口実を見つけては、ハリーは外に出ていた。崖の上に広がる空と広大でなにもない海の景色を眺め、冷たい潮風を顔に感じたかった。

ヴォルデモートと競って杖《つえ》を追うのはやめようと決めた、その決定の重大さが、いまだにハリーを怯《おび》えさせる。ハリーにはこれまで一度も、なにかをしないという選択をした記憶がない。ハリーは迷いに迷っていた。ロンと顔を合わせるたびに、ロンのほうがまんできずにその迷いを口に出した。

「もしかしてダンブルドアは、僕たちがあの印の意味を解読して、杖を手に入れるのに間に合って欲しいと思ったんじゃないのか？」、「あの印を解読したら、君が『秘宝』を手に入れるに『ふさわしい者』になったという意味じゃないのか？」、「ハリー、それがほんとに『ニワトコの杖』だったら、僕たちいったいどうやって『例のあの人』をやっつけられるって言うんだ？」

ハリーには答えられなかった。ヴォルデモートが墓を暴くのを阻もうとさえしなかったのは、まったく頭がどうかしていたのではないかと、ハリー自身がそう思うときもある。どうしてそうしないと決めたのか、満足のいく説明さえできない。その結論を出すまでの理論づけを再現しようとしても、そのたびに根拠が希薄になっていくような気がする。

おかしなことにハーマイオニーが支持してくれることが、ロンの疑念と同じくらい、ハリーを混乱させる。「ニワトコの杖」が実在すると認めざるをえなくなったハーマイオニーは、その杖が邪悪な品だと主張する。そしてヴォルデモートは、考えるだに汚らわしい手段で杖を手に入れたのだと言う。

「あなたには、あんなこと絶対できないわ、ハリー」ハーマイオニーは何度も繰り返しそう言う。「ダンブルドアの墓を暴くなんて、あなたにはできないことよ」

しかし、ハリーにとっては、ダンブルドアの亡骸《なきがら》自体が恐ろしいというよりも、生前のダンブルドアの意図を誤解したのではないかという可能性のほうが恐ろしく思えた。ハリーはいまだに暗闇を手探りしているような気がする。行くべき道は選んだ。しかし、何度も振り返り、標識を読みちがえたのではないか、ほかの道を行くべきではなかったのかと迷った。ときには、ダンブルドアに対する怒りが、家の建つ崖下に砕ける波のような強さで押し寄せ、ハリーはまたしても押しつぶされそうになる。ダンブルドアが死ぬ前に説明してくれなかったことへの憤りだ。

「だけど、ほんとに死んだのかな？」

貝殻の家に着いてから三日目に、ロンがあらためて疑問を口にした。ハリーが庭と崖を仕切る壁の上から遠くを眺めていたときのことだ。ロンとハーマイオニーがやってきて、話しはじめた。ハリーは、一人にしておいて欲しかった。二人の議論に加わる気にはなれない。

「そうよ、死んだのよ、ロン。お願いだから、蒸し返さないで！」

「事実を見ろよ、ハーマイオニー」ロンが、ハリーの向こう側にいるハーマイオニーに言う。ハリーは地平線を見つめたままでいた。

「銀色の牝鹿《めじか》。剣《つるぎ》。ハリーが鏡の中に見た目――」

「ハリーは、目を見たと錯覚したのかもしれないって認めているわ！　ハリー、そうでしょう？」

「そうかもしれない」ハリーはハーマイオニーを見ずに言った。

「だけど錯覚だとは思ってない。だろ?」ロンが聞く。

「ああ、思ってない」ハリーが言う。

「それ見ろ!」ロンは、ハーマイオニーが割り込む前に急いで言葉を続けた。「もしあれがダンブルドアじゃなかったのなら、ドビーはどうやって、僕たちが地下牢にいるってわかったのか、ハーマイオニー、説明できるか?」

「できないわ――でも、ダンブルドアがホグワーツの墓に眠っているなら、どうやってドビーを差し向けたのか、説明できるの?」

「さあな。ダンブルドアのゴーストだったんじゃないか?」

「ダンブルドアは、ゴーストになってもどってきたりはしない」ハリーが断言する。ダンブルドアについて、ハリーがいま、確実に言えることなどほとんどないが、それだけはわかっている。「ダンブルドアは逝《い》ってしまうだろう」

「『逝ってしまう』って、どういう意味だ?」ロンが聞き、ハリーが答えようとしたときに、背後で声がした。

「ア《ハ》リー?」

フラーが長い銀色の髪を潮風になびかせて、家から出てきていた。

「ア《ハ》リー、グリップウックが、あなたにあな《は》したいって。一番小さい寝室にいまーすね。だれにも盗み聞きされたくない、と言っていまーす」

小鬼がフラーに伝言させたことを、フラーが快く思っていないのは明らかだ。ぷりぷりしながら家にもどっていく。

グリップフックは、フラーが言ったように、三つある寝室の一番小さい部屋で三人を待っていた。そこは、ハーマイオニーとルーナが寝ている部屋だった。グリップフックは赤いコットンのカーテンを閉め切っていて、雲の浮かぶ明るい空の光を受けて部屋が燃えるように赤く輝いている。優雅で軽やかな感じのこの家には不釣合な感じだった。

「結論が出ました。ハリー・ポッター」

小鬼は足を組んで低い椅子に腰掛け、細い指で椅子の肘掛《ひじか》けをトントンとたたいていた。

「グリンゴッツの小鬼たちは、これを卑《いや》しい裏切りと考えるでしょうが、私はあなたを助けることにしました――」

「よかった！」ハリーは、体中に安堵感が走るのを感じた。「グリップフック、ありがとう。僕たち本当に――」

「――見返りに」小鬼ははっきりと言った。「代償をいただきます」

ハリーは少し驚いて、まごつく。

「どのくらいかな？　僕はお金を持っているけど」

「お金ではありません」グリップフックが言う。「お金は持っています」

小鬼の黒い目がきらりと輝いた。小鬼の目には白目がない。

「剣《つるぎ》が欲しいのです。ゴドリック・グリフィンドールの剣です」

高ぶっていたハリーの気持ちが、がくんと落ち込む。

「それはできない」ハリーは言い切った。「すまないけど」

「それは」小鬼が静かに言う。「問題ですね」

「ほかの物をあげるよ」ロンが熱心に言う。「レストレンジたちはきっと、ごっそりいろんな物を持ってる。僕たちが金庫に入ったら、君は好きな物を取ればいい」

これは失言だった。グリップフックは怒りで真っ赤になった。

「私は泥棒ではないぞ！　自分に権利のない宝を手に入れようとしているわけではない！」

「剣は僕たちの――」

「ちがう」小鬼が言った。

「僕たちはグリフィンドール生だし、それはゴドリック・グリフィンドールの――」

「そして、グリフィンドールの前は、だれのものでしたか？」小鬼は姿勢を正して問いつめる。

「だれのものでもないさ」ロンが言う。「剣はグリフィンドールのために作られたものだろ？」

「ちがう！」小鬼はいらだって、長い指をロンに向けながらさけぶ。「またしても魔法使いの傲慢《ごうまん》さよ！　あの剣《つるぎ》はラグヌック一世のものだったのを、ゴドリック・グリフィンドールが奪ったのだ。これこそ失われた宝、小鬼の技の傑作だ！　小鬼族に帰属する品なのだ！　この剣は私を雇うことの対価だ。いやならこの話はなかったことにする！」

グリップフックは三人を睨《にら》みつける。ハリーはほかの二人をちらりと見て、こう言った。

「グリップフック、僕たち三人で相談する必要があるんだけど、いいかな。少し時間をくれないか？」

小鬼は、むっつりとうなずく。

一階のだれもいない居間で、ハリーは眉根《まゆね》を寄せ、どうしたものかと考えながら、暖炉まで歩く。その後ろでロンが言った。

「あいつ、腹の中で笑ってるんだぜ。あの剣をあいつにやることなんて、できないさ」

「ほんとなの？」ハリーはハーマイオニーに聞く。「あの剣は、グリフィンドールが盗んだものなの？」

「わからないわ」ハーマイオニーがどうしようもないという口調で答える。「魔法史は、魔法使いたちが他の魔法生物になにかしたことについては、よく省いてしまっているのよ。でも、私が知るかぎり、グリフィンドールが剣を盗んだとは、どこにも書いてないわ」

「また、小鬼お得意の話なんだよ」ロンが言い募る。「魔法使いはいつでも小鬼をうまくだまそうとしているってね。あいつが、僕たちの杖《つえ》のどれかを欲しいと言わなかっただけ、まだ運がよかったと考えるべきだろうな」

「ロン、小鬼が魔法使いを嫌うのには、ちゃんとした理由があるのよ」ハーマイオニーが反論する。「過去において、残忍な扱いを受けてきたの」

「だけど、小鬼だって、ふわふわのちっちゃなウサちゃん、というわけじゃないだろ？」ロンが言い返す。「あいつら、魔法使いをずいぶん殺したんだぜ。あいつらだって汚い戦い方をしてきたんだ」

「でも、どっちの仲間のほうがより卑怯《ひきょう》で暴力的だったかなんて議論したところで、グリップフックが私たちに協力する気になってくれるわけでもないでしょう？」

どうしたら問題が解決できるかを考えようと、三人ともしばらく黙り込む。ハリーは、窓からドビーの墓を見た。ルーナが、墓石の脇にジャムの瓶《びん》を置いてイソマツを活けている。

「オッケー」ロンが言った。ハリーは振り返って、ロンの顔を見る。「こういうのはどうだ？　グリップフックに、剣《つるぎ》は金庫に入るまで僕たちが必要だと言う。そのあとであいつにやる、と言う。金庫の中に、贋物《にせもの》があるんだろう？　それと入れ替えて、あいつに贋物をやる」

「ロン、グリップフックは、私たちよりも見分ける力を持っているのよ！」ハーマイオニーがただす。「どこかで交換されていると気づいたのは、グリップフックだけだったのよ！」

「うーん、だけど、やつが気づく前に、僕たちがずらかれば——」

ハーマイオニーにひと睨《にら》みされて、ロンは怯《ひる》む。

「そんなこと」ハーマイオニーが静かに言う。「卑劣だわ。助けを頼んでおいて、裏切るの？　ロン、小鬼は魔法使いがなぜ嫌いなのかって、それでもあなたは不思議に思うわけ？」

ロンは耳を真っ赤にする。

「わかった、わかった！　僕はそれしか思いつかなかったんだ！　それじゃ、君の解決策はなんだ？」

「小鬼に、なにか代わりの物をあげる必要があるわ。なにか同じくらい価値のある物を」

「すばらしい。手持ちの小鬼製《ゴブリン》の古い剣の中から、僕が一本持ってくるから、君がプレゼント用に包んでくれ」

三人はまた黙り込む。ハリーは、なにか同じくらい価値のあるほかの物を提案してみたところで、グリップフックは剣以外の物は絶対に受け入れないだろうと思う。とはいえ、剣は、自分たちにとって一つしかない、分霊箱《ぶんれいばこ》に対するかけがえのない武器だ。

ハリーは目を閉じて、わずかの間、海の音を聞く。グリフィンドールが剣を盗んだかもしれないと思うと、いやな気分がする。ハリーはグリフィンドール生であることを、いつも誇りにしてきた。グリフィンドールは、マグル生まれのために戦った英雄であり、純血好きのスリザリンと衝突した魔法使いだ……。

「グリップフックが、嘘をついているのかもしれない」ハリーはふたたび目を開けた。「グリフィンドールは、剣を盗んでいないかもしれない。小鬼側の歴史が正しいかどうかも、だれにもわからないだろう?」

「それでなにか変わるとでも言うの?」ハーマイオニーが聞く。

「僕の感じ方が変わるよ」ハリーが答えた。

ハリーは深呼吸する。

「グリップフックが金庫に入る手助けをしてくれたら、そのあとで剣をやると言おう――でも、いつ渡すかは、正確には言わないように注意するんだ」ロンの顔にゆっくりと笑いが広がる。しかし、ハーマイオニーは、とんでもないという顔をする。

「ハリー、そんなことできない――」

「グリップフックにあげるんだ」ハリーは言葉を続ける。「全部の分霊箱《ぶんれいばこ》に剣《つるぎ》を使い終わってからだ。そのときに必ず彼の手に渡す。約束は守るよ」

「でも、何年もかかるかもしれないわ！」ハーマイオニーが言う。

「わかっているよ。でもグリップフックはそれを知る必要はない。僕は嘘を言うわけじゃない……と思う」

ハリーは、抗議と恥とが入り交じった気持ちでハーマイオニーの目を見た。ヌルメンガードの入口に彫られた言葉を、ハリーは思い出す。「より大きな善のために」。ハリーはその考えを払い退けた。ほかにどんな選択があると言うのか？

「気に入らないわ」ハーマイオニーが抗議する。

「僕だって、あんまり」ハリーも認めた。

「いや、僕は天才的だと思う」ロンはふたたび立ち上がりながら言った。「さあ、行って、やつにそう言おう」

一番小さい寝室にもどり、ハリーは、剣を渡す具体的なときを言わないように慎重に言葉を選んで提案した。ハリーが話している間、ハーマイオニーは、床を睨《にら》みつけている。ハリーは、ハーマイオニーのせいで計画を読まれてしまうのではないかと恐れ、いらいらした。しかしグリップフックは、ハリー以外のだれも見ていない。

「約束するのですね、ハリー・ポッター？　私があなたを助けたら、グリフィンドールの剣を私にくれるのですね？」

「そうだ」ハリーが答える。

「では成立です」小鬼は、手を差し出す。

ハリーはその手を取って握手した。黒い目が、ハリーの目に危惧《きぐ》の念を読み取りはしないかと心配になる。グリップフックは手を放し、ポンと両手を打ち合わせて「それでは、始めましょう！」と言った。

まるで、魔法省に潜入する計画を立てたときの繰り返しだった。一番狭い寝室で、四人は作業を始めた。グリップフックの好みで、部屋は薄暗いままに保たれている。

「私がレストレンジ家の金庫に行ったのは、一度だけです」

グリップフックが三人に話す。

「贋作《がんさく》の剣を、中に入れるように言われたときでした。そこは一番古い部屋の一つです。魔法使いの旧家の宝は、一番深いところに隠され、金庫は一番大きく、護りも一番堅い……」

四人は、納戸のような部屋に、何度も何時間もこもって作戦を練った。のろのろと数日が過ぎ、それが何週間にも及んだ。次から次と難題が出てくる。一つの大きな問題は、手持ちのポリジュース薬がもう相当に少なくなっていることだ。

「ほんとに一人分しか残っていないわ」ハーマイオニーが、泥のような濃い液体を傾けて、ランプの明かりにかざしながら言う。

「それで十分だよ」グリップフックが手描きした一番深い場所の通路の地図を確かめながら、ハリーが言う。

ハリーとロンとハーマイオニーの三人が、食事のときにしか姿を現さなくなったので、「貝殻《かいがら》の家」の他の住人も、何事かが起こっていることに気づかないわけはなかったが、だれもなにも聞かなかった。しかしハリーは、食事のテーブルで考え深げな目で心配そうに三人を見ているビルの視線を、始終感じていた。

グリップフックを含めた四人で、長い時間を過ごせば過ごすほど、ハリーは小鬼が好きになれない自分に気づく。グリップフックは思ってもみなかったほど血に飢え、下等な生き物でも痛みを感じるという考え方を笑い、レストレンジ家の金庫にたどり着くまでに、ほかの魔法使いを傷つけるかもしれないという可能性を大いに喜んだ。ロンとハーマイオニーもやはり嫌悪感を持っていることがハリーにはわかったが、三人ともその話はしなかった。それでもグリップフックが必要なのだ。

小鬼は、みなと一緒に食事をするのを、いやいや承知した。足が治ってからもまだ、体が弱っているオリバンダーと同じように自分の部屋に食事を運ぶ待遇を要求し続けていたが、あるときビルが――フラーの怒りがついに爆発したあと――二階に行って、特別扱いは続けられないとグリップフックに言い渡したのだ。それからは、グリップフックは混み合ったテーブルに着いたが、同じ食べ物は拒み、代わりに生肉の塊《かたまり》、根菜《こんさい》類、茸《きのこ》類を要求した。

ハリーは責任を感じた。質問するために、小鬼を「貝殻の家」に残せと言い張ったのは、結局ハリーだ。ウィーズリー一家が全員隠れなければならなくなったのも、ビル、フレッド、ジョージ、ウィーズリー氏が全員仕事に行けなくなったのも、ハリーのせいだ。

「ごめんね」ある風の強い四月の夕暮れ、夕食の支度を手伝いながら、ハリーがフラーに謝った。「僕、君に、こんな大変な思いをさせるつもりはなかったんだけど」

フラーは、グリップフックとビルのステーキを切るために、包丁に準備させている最中だった。グレイバックに襲われて以来、ビルは生肉を好むようになっている。包丁が自分の横で肉を削ぎ切りしている間、少しいらいらして待っていたフラーの表情が和らぐ。

「ア《ハ》リー、あなたはわたしの妹の命を救いまーした。忘れませーん」

厳密に言えば、それは事実ではなかった。しかし、ハリーは、ガブリエールの命が本当に危なかったわけではないということを、フラーにはこのまま言わないでおこうと思う。

「いーずれにしても」

フラーは竈《かまど》の上のソース鍋《なべ》に杖《つえ》を向ける。鍋はたちまちぐつぐつ煮え出す。

「オリバンダーさんは今夜、ミュリエールのところへ行きまーす。そうしたら、少し楽になりまーすね。あの小鬼は」フラーは口にするだけで、ちょっと顔をしかめる。「一階に移動できまーす。そして、あなたと、ロンとディーンが小鬼の寝室に移ることができまーす」

「僕たちは居間で寝てもかまわないんだ」ハリーは言う。

小鬼はソファーで寝るのがお気に召さないだろうと、ハリーにはわかっていたし、グリップフックを上機嫌にしておくことが、計画にとっては大事なのだ。

「僕たちのことは気にしないで」フラーがなおも言い返そうとするところを、ハリーが言葉を続ける。「僕たちも、もうすぐ、君に面倒をかけなくてすむようになるよ。僕もロンも、ハーマイオニーも。もうあまり長くここにいないと思う」

「それは、どういう意味でーすか?」

宙に浮かべたキャセロール皿に杖を向けたまま、フラーは眉根《まゆね》を寄せてハリーを見る。

「あなたはもーちろん、ここから出てはいけませーん。あなたはここなら安全でーす！」

そう言うフラーの様子は、ウィーズリーおばさんにとても似ていた。そのとき勝手口が開いたので、ハリーはほっとする。雨に髪を濡らしたルーナとディーンが、両腕一杯に流木を抱えて入ってきた。

「……それから耳がちっちゃいの」ルーナがしゃべっていた。「カバの耳みたいだって、パパが言ったけど、ただ、紫色で毛がもじゃもじゃだって。それで、呼ぶときには、ハミングしなきゃなんないんだもん。ワルツが好きなんだ。あんまり早い曲はだめ……」

なんだか居心地が悪そうに、ディーンはハリーのそばを通るときに肩をすくめ、ルーナのあとから食堂兼居間に入っていく。そこではロンとハーマイオニーが、夕食のテーブルの準備をしていた。フラーの質問から逃げるチャンスをとらえたハリーは、かぼちゃジュースの入った水差しを二つつかんで、ルーナたちのあとに続いた。

「……それから、あたしの家にきたら、角《つの》を見せてあげられるよ。パパがそのことで手紙をくれたんだもん。あたしはまだ見てないんだ。だってあたし、ホグワーツ特急から死喰い人にさらわれて、それでクリスマスには家に帰れなかったんだもん」

ディーンと二人で暖炉の火を起こしなおしながら、ルーナが話している。

「ルーナ、教えてあげたじゃない」ハーマイオニーが向こうのほうから声をかけた。「あの角は爆発したのよ。エルンペントの角だったの。しわしわ角《づの》スノーカックのじゃなくて――」

「ううん、絶対にスノーカックの角だったわ」ルーナがのどかに言う。「パパがあたしにそう言ったもン。たぶんいまごろは元どおりになってるわ。ひとりでに治るものなんだもン」

ハーマイオニーはやれやれと首を振り、フォークを並べ続ける。そのとき、ビルがオリバンダー氏を連れて階段を下りてきた。杖作《つえつく》りは、まだとても弱っている様子で、ビルの腕にすがっている。ビルは老人を支え、大きなスーツケースを提げて階段を下りてくる。

「オリバンダーさん、お別れするのは寂しいわ」ルーナが老人に近づいてそう言った。

「わしもじゃよ、お嬢さん」オリバンダー氏が、ルーナの肩を軽くたたきながら言う。「あの恐ろしい場所で、君は、言葉には言い表せないほど私の慰めになってくれた」

「それじゃ、オールヴォア《さようなら》、オリバンダーさん」フラーはオリバンダーの両頬に別れのキスをする。「それから、もしできれば、ビルの大おばさんのミュリエールに、包みを届けてくだされればうれしいのでーすが？　あのいとに、ティアラを返すことができなかったのでーす」

「喜んでお引き受けします」オリバンダーが軽くお辞儀しながら言う。「こんなにお世話になったお礼として、そんなことはお安い御用です」

フラーはすり切れたビロードのケースを取り出し、それを開けて中の物を杖作りに見せる。低く吊られたランプの明かりに、ティアラが燦然《さんぜん》と輝いていた。

「ムーンストーンとダイヤモンド」ハリーの知らない間に部屋に滑り込んでいたグリップフックが言う。「小鬼《ゴブリン》製と見ましたが？」

「そして魔法使いが買い取った物だ」

ビルが静かに言う。小鬼は陰険で、同時に挑戦的な目つきでビルを見た。

ビルとオリバンダーが闇に消え去ったその夜は、「貝殻《かいがら》の家」に強い風が吹きつけていた。残った全員がテーブルのまわりにぎゅう詰めになり、肘《ひじ》と肘がぶつかって動く隙間もなく食事を始めた。傍《かたわ》らでは、暖炉の火がパチパチと火格子《ひごうし》に爆《は》ぜている。フラーが、ただ料理を突つき回してばかりなのに、ハリーは気づいた。フラーは、数分ごとに窓の外をちらちらと見ている。幸いビルは、長い髪を風にもつれさせて、夕食の最初の料理が終わる前にもどってきた。

「みんな無事だよ」ビルがフラーに言う。「オリバンダーは落ち着いた。母さんと父さんからよろしくって。ジニーが、みんなに会いたがっていた。フレッドとジョージはミュリエルをかんかんに怒らせてるよ。おばさんの家の奥の部屋から『ふくろう通信販売』をまだ続けていてね。ティアラを返したらおばさんは少し元気になったけどね。僕たちが盗んだと思ったって言ってたよ」

「ああ、あのい《ひ》と、あなたのおばさーん、シャーマント《すてき》」フラーは不機嫌にそう言いながら、杖《つえ》を振って汚れた食器を舞い上がらせ、空中で重ねる。それを手で受け、フラーはカツカツと部屋を出ていった。

「パパもティアラを作ったもッ」ルーナが急に言った。「うーん、どっちかって言うと冠だけどね」

ロンがハリーと目を見合わせ、にやりと笑う。ロンは、ゼノフィリウスを訪ねたときに見た、あのばかばかしい髪飾りを思い出しているようだ。

「そうよ、レイブンクローの失われた髪飾りを再現しようとしたんだもッ。パパは、主な特徴はもうほとんどわかったって思ってるんだもッ。ビリーウィグの羽根をつけたら、とってもよくなって――」

正面玄関でバーンと音がした。全員がいっせいに音のほうを振り向く。フラーが怯《おび》えた顔でキッチンから駆け込んでくる。ビルは勢いよく立ち上がり、杖をドアに向ける。ハリー、ロン、ハーマイオニーもそれに倣《なら》う。グリップフックは、テーブルの下に滑り込んで姿を隠した。

「だれだ？」ビルがさけぶ。

「私だ、リーマス・ジョン・ルーピンだ！」

風のうなりに消されないようにさけぶ声が聞こえた。ハリーは背筋に冷たいものが走る。なにがあったのだろう？

「私は狼人間で、ニンファドーラ・トンクスと結婚した。君は『貝殻《かいがら》の家』の『秘《ひ》密《みつ》の守人《もりびと》』で、私にここの住所を教え、緊急のときにはくるようにと告げた！」

「ルーピン」ビルは、そうつぶやくなりドアに駆け寄り、急いで開ける。

ルーピンは敷居に倒れ込んできた。真っ青な顔で旅行マントに身を包み、風にあおられた白髪は乱れている。ルーピンは立ち上がって部屋を見回し、だれがいるかを確かめた後、大声でさけんだ。

「男の子だ！　ドーラの父親の名前を取って、テッドと名付けたんだ！」

ハーマイオニーが金切り声を上げる。

「えっ？――トンクスが――トンクスが赤ちゃんを？」

「そうだ。そうなんだ。赤ん坊が生まれたんだ！」ルーピンがもう一度さけぶ。

テーブル中が喜びに沸《わ》き、安堵の吐息を漏《も》らす。ハーマイオニーとフラーは「おめでとう！」とかん高い声を上げた。ロンは、そんなものはいままで聞いたことがないという調子で「ひえーっ、赤ん坊かよ！」と言った。

「そうだ――そうなんだ――男の子だ」

ルーピンは、幸せでぼうっとしているように見える。ルーピンはテーブルをぐるっと回って、ハリーをしっかり抱きしめた。グリモールド・プレイスの厨房《ちゅうぼう》での出来事が、嘘のようだ。

「君が名付け親になってくれるか？」ハリーを放して、ルーピンが頼む。

「ぼ――僕が？」ハリーは舌がもつれた。

「そう、君だ、もちろんだ――ドーラも大賛成なんだ。君ほどぴったりの人はいない――」

「僕――ええ――うわぁ――」ハリーは感激し、驚き、うれしかった。

ビルはワインを取りに走り、フラーはルーピンに、一緒に飲みましょうと勧めている。

「あまり長くはいられない。もどらなければならないんだ」

ルーピンは、全員ににっこり笑いかけた。ハリーがこれまでに見たどのルーピンより、何歳も若く見える。

「ありがとう、ありがとう、ビル」

ビルは間もなく、全員のゴブレットにワインを満たす。みなが立ち上がり、杯を高く掲げた。

「テディ・リーマス・ルーピンに」ルーピンが音頭を取った。「未来の偉大な魔法使いに！」

「赤ちゃんは、どちらーに似ていまーすか？」フラーが聞く。

「私はドーラに似ていると思うんだが、ドーラは私に似ていると言うんだ。髪の毛が少ない。生まれたときは黒かったのに、一時間くらいでまちがいなく赤くなった。私がもどるころには、ブロンドになっているかもしれない。アンドロメダは、トンクスの髪も、生まれた日に色が変わりはじめたと言うんだ」

一杯目を飲み干したルーピンにビルがもう一杯注ごうとすると、にこにこしながら

「ああ、それじゃ、いただくよ。もう一杯だけ」と受ける。

風が小さな家を揺らし、暖炉の火が爆《は》ぜる。そしてビルは、すぐにもう一本ワインを開けた。ルーピンの報《しら》せはみなを夢中にさせ、しばしの間、包囲されていることも忘れさせた。新しい生命の吉報は心を躍らせる。小鬼だけは突然のお祭り気分に無関心な様子で、しばらくするとこっそりと、いまや一人で占領している寝室へともどっていく。ハリーは、自分だけがそれに気づいていると思ったが、ビルの目も階段を上がる小鬼を追っていた。

「いや……いや……本当にもう帰らなければ」

もう一杯と勧められるワインを断って、ルーピンはとうとう立ち上がり、ふたたび旅行用マントに身を包んだ。

「さようなら、さようなら――二、三日のうちに、写真を持ってくるようにしよう――家の者たちも、私がみんなに会ったと知って喜ぶだろう――」

ルーピンはマントの紐《ひも》を締め、別れの挨拶に女性を抱きしめ、男性とは握手して、にこにこ顔のまま荒れた夜へと出ていった。

「名付け親、ハリー！」テーブルを片付けるのを手伝って、ハリーと一緒にキッチンに入りながら、ビルが言う。「本当に名誉なことだ！　おめでとう！」

ハリーは手に持った空のゴブレットを下に置いた。ビルは背後のドアを引いて閉め、ルーピンがいなくなっても祝い続けているみなの話し声を、締め出す。

「君と二人だけで話がしたかったんだよ、ハリー。こんなに満員の家ではなかなかチャンスがなくてね」ビルは言いよどむ。「ハリー、君はグリップフックとなにか計画しているね」

質問ではなく、確信のある言い方だ。ハリーはあえて否定はせず、ただビルの顔を見つめて、次の言葉を待った。

「僕は小鬼のことを知っている」ビルが続ける。「ホグワーツを卒業してから、ずっとグリンゴッツで働いてきたんだ。魔法使いと小鬼の間に友情が成り立つかぎりにおいてだが、僕には小鬼の友人がいると言える――少なくとも僕がよく知っていて、しかも好意を持っている小鬼がいる」ビルはまた口ごもる。「ハリー、グリップフックになにを要求した？　見返りになにを約束した？」

「話せません」ハリーが答える。「ビル、ごめんなさい」

背後のキッチンのドアが開いて、フラーが空になったゴブレットをいくつか持って入ってこようとした。

「待ってくれ」ビルがフラーに告げる。「もう少しだけ」

フラーは引き下がり、ビルがドアを閉めなおす。

「それなら、これだけは言っておかなければ――」ビルが言葉を続けた。「グリップフックとなにか取引をしたなら、とくに宝に関する取引なら、特別に用心する必要がある。小鬼の所有や代償、報酬に関する考え方は、ヒトと同じではない」

ハリーは小さな蛇が体の中で動いたような、気持ちの悪いかすかなくねりを感じた。

「どういう意味ですか？」ハリーが聞いた。

「相手は種類がちがう生き物だ」ビルが言う。「魔法使いと小鬼の間の取引には、何世紀にもわたってごたごたがつき物だった――それは、すべて魔法史で学んだだろう。両方に非があったし、魔法使いが無実だったとはけっして言えない。しかし、一部の小鬼の間には、そしてとくにグリンゴッツの小鬼にはその傾向が最も強いのだが、金貨や宝に関しては、魔法使いは信用できないという不信感がある。魔法使いは小鬼の所有権を尊重しない、という考え方だ」

「僕は尊重――」ハリーが口を開いたが、ビルは首を振る。

「君にはわかっていないよ、ハリー。小鬼と暮らしたことのある者でなければ、だれも理解できないことだ。小鬼にとっては、どんな品でも、正当な真の持ち主は、それを作った者であり、買った者ではない。すべて小鬼の作った物は、小鬼の目から見れば、正当に自分たちのものなのだ」

「でも、それを買えば――」

「――その場合は、金を払った者に貸したと考えるだろう。しかし、小鬼にとって、小鬼の作った品が魔法使いの間で代々受け継がれるという考えは、承服し難いものなのだ。グリップフックが、目の前でティアラが手渡されるのを見たとき、どんな顔をしたか、君も見ただろう。承認できないという顔だ。小鬼の中でも強硬派の一人としてグリップフックは、最初に買った者が死んだら、その品は小鬼に返すべきだと考えていると思うね。小鬼《ゴブリン》製の品をいつまでも持っていて、対価も支払わず魔法使いの手から手へと引き渡す我々の習慣は、盗みも同然だと考えている」

ハリーは、いまや不吉な予感に襲われていた。ビルは、知らないふりをしながら、実はもっと多くのことを推測しているのではないか、とハリーは思う。

「僕が言いたいのは」ビルが居間へのドアに手をかけながら、締めの言葉をつけ足した。「小鬼と約束するなら、十分注意しろということだよ、ハリー。小鬼との約束を破るより、グリンゴッツ破りをするほうがまだ危険性が少ないだろう」

「わかりました」居間へのドアを開けたビルに向かって、ハリーが礼を言う。「ビル、ありがとう。僕、肝に銘じておく」

ビルのあとからみなのいるところにもどる最中、ワインを飲んだせいにちがいないが、ハリーの頭に皮肉な考えが浮かぶ。テディ・ルーピンの名付け親になった自分は、ハリー自身の名付け親のシリウス・ブラックと同様、向こう見ずな道を歩み出したようだ。

第26章　グリンゴッツ

計画が立てられ、準備は完了した。一番小さい寝室の、マントルピースの上に置かれた小瓶《こびん》には、長くて硬い黒髪が一本――マルフォイの館で、ハーマイオニーの着ていたセーターからつまんだ毛だ――丸まって入っている。

「それに、本人の杖《つえ》を使うんだもの」ハリーは、鬼胡桃《おにくるみ》の杖を顎《あご》でしゃくる。「かなり説得力があると思うよ」

ハーマイオニーは、杖を取り上げながら、杖が刺したり噛《か》みついたりするのではないかというように、怯《おび》えた顔をする。

「私、これ、いやだわ」ハーマイオニーが低い声で不満を表す。「本当にいやよ。なにもかもしっくりこないの。私の思いどおりにならないわ……あの女の一部みたい」

ハリーは、自分がリンボクの杖を嫌ったとき、ハーマイオニーが一蹴《いっしゅう》したことを思い出さずにはいられない。自分の杖と同じように機能しないのは気のせいにすぎないと主張し、練習あるのみだとハリーに説教したではないか。しかし、その言葉をそっくりそのままハーマイオニーに返すのは思いとどまる。グリンゴッツに押し入ろうとしているその前日に、ハーマイオニーの反感を買うのはまずい。

「でも、あいつになり切るのには、役に立つかもしれないぜ」ロンが言う。「その杖《つえ》がなにをしたかを考えるんだ！」

「だって、それこそが問題なのよ！」ハーマイオニーが言い返す。「この杖が、ネビルのパパやママを拷問したんだし、ほかに何人を苦しめたかわからないでしょう？この杖が、シリウスを殺したのよ！」

ハリーは、そのことは考えていなかった。そう思って杖を見下ろすと、急にへし折ってやりたい残忍な思いが突き上げてくる。脇の壁に立てかけてあるグリフィンドールの剣《つるぎ》で、真っ二つにしてやりたかった。

「私の杖が懐かしいわ」

ハーマイオニーが惨《みじ》めな声を出す。

「オリバンダーさんが、私にも新しいのを一本作ってくれてたらよかったのに」

オリバンダーはその日の朝、ルーナに新しい杖を送ってきていた。ルーナはいま、裏の芝生に出て、遅い午後の太陽の光の中で、杖の能力を試している。「人さらい」に杖を取り上げられたディーンが、憂鬱《ゆううつ》そうにルーナの練習を見つめていた。

ハリーは、ドラコ・マルフォイのものだったサンザシの杖を見下ろす。ハリーにとってはその杖が、少なくともハーマイオニーの杖と同じ程度には役に立つことがわかり、驚くとともにうれしかった。オリバンダーが三人に教えてくれた杖の技の秘密を思い出し、ハリーはハーマイオニーの問題がなんなのかがわかるような気がする。ハーマイオニーは自分でベラトリックスから杖を奪ったわけではないので、鬼胡桃《おにくるみ》の杖の忠誠心を勝ち得ていないのだ。

寝室のドアが開いて、グリップフックが入ってきた。ハリーは反射的に剣の柄《つか》をつかんで引き寄せたが、すぐに後悔する。その動きを小鬼に気づかれてしまった。気まずい瞬間を取り繕《つくろ》おうとして、ハリーは言葉をかける。

「グリップフック、僕たち、最終チェックをしていたところだよ。ビルとフラーには、僕たちが明日発つことを知らせたし、わざわざ早起きして見送ったりしないように言っておいた」

ハリーたちは、この点は譲らなかった。出発前に、ハーマイオニーがベラトリックスに変身する都合もある。それに、これから三人のやろうとしていることを、ビルとフラーは知らないほうがよいし、怪しまないほうがよいのだ。もうここにはもどらないということも、説明した。「人さらい」に捕まった夜、パーキンズの古いテントを失ってしまったので、ビルが貸してくれた別のテントが、ハーマイオニーのビーズバッグに納まっている。ハリーはあとで知って感心したのだが、ハーマイオニーはバッグを、片方のソックスに突っ込むというとっさの機転で、賊から守っていた。

ビルやフラー、ルーナやディーンたちと別れるのは寂しい。その上、この数週間満喫していた家庭の温もりを失うのも、もちろん辛《つら》い。しかし同時に、ハリーは「貝殻《かいがら》の家」に閉じ込められる生活から抜け出せるのも待ち遠しかった。盗み聞きされないように気を使うことにも、小さな暗い部屋に閉じこもるのにも、正直うんざりしていた。とくに、グリップフックをやっかい払いしたくてたまらない。しかし、いつ、どのようにして、しかもグリフィンドールの剣《つるぎ》を渡さずに小鬼と別れるかは未解決の問題で、ハリーは答えを持ち合わせていなかった。小鬼が、ハリー、ロン、ハーマイオニーの三人だけを残して五分以上いなくなることはめったになかったので、この問題をどう解決するかを話し合うのは不可能だった。

「あいつ、ママより一枚上手だぜ」

小鬼の長い指が、あまりにも頻繁にドアの端から現れるので、ロンがうなるように言う。ハリーは、ビルの教訓を思い出し、グリップフックが、ペテンにかけられることを警戒しているのではないかと疑わざるをえない。ハーマイオニーは裏切り行為の計画には徹底的に反対だったので、ハリーは、うまく切り抜ける方法についてハーマイオニーの頭脳を借りることを、とっくにあきらめている。ごく稀に、ロンと二人だけで、グリップフックなしの数分間をかすめ盗《と》ることができても、ロンの考えはせいぜい「出たとこ勝負さ、おい」だった。

その晩、ハリーはよく眠れなかった。朝早く目が覚めたハリーは、横になったまま魔法省に侵入する前夜に感じた興奮にも似た決意を思い出す。今回は、不安と拭《ぬぐ》い切れない疑いとで、ハリーの心はぐらついている。なにもかもうまくいかないのではないかという不安を、振りはらうことができない。ハリーは、計画は万全だと、繰り返し自分を納得させるしかなかった。立ち向かう相手を知っているグリップフックがいる上に、遭遇しそうな困難な問題にもすべて十分に備えた。それでも、ハリーは落ち着かなかった。一度か二度、ロンが転々と寝返りを打つ音が聞こえた。ロンもまた眠れずにいるにちがいない。しかし、同じ部屋にディーンがいるので、ハリーはなにも言わなかった。

ハリーは、救われる思いで六時を迎えた。ロンと二人で寝袋から抜け出し、まだ薄暗い中で着替えをすませる。それから手はずどおりに、ハーマイオニーやグリップフックと落ち合う庭に出た。夜明けは肌寒かったが、もう五月ともなれば風はほとんどない。ハリーは、暗い空にまだ青白く瞬《またた》いている星を見上げ、岩に寄せては返す波の音を聞く。この音が聞けなくなるのはやはり寂しい。

ドビーの眠る赤土の塚からは、もう緑の若芽が萌え出でている。一年も経てば、塚は花で覆われるだろう。ドビーの名を刻んだ白い石は、すでに風雨にさらされたような趣が出ている。ドビーを埋葬するのに、これほど美しい場所はほかになかっただろうと、ハリーはあらためてそう思う。それでも、ドビーをここに置いていくと思うと、悲しさで胸が痛む。ハリーは墓を見下ろし、ドビーはどうやって助けにくる場所を知ったのかと、またしても疑問が胸をよぎる。ハリーの指が無意識に首から下げた巾着《きんちゃく》に伸び、あの鏡のかけらのぎざぎざな手触りを感じる。あのときは、たしかにダンブルドアの目を鏡の中に見たと思ったのだが……。ドアの開く音で、ハリーは振り返る。

ベラトリックス・レストレンジが、グリップフックを従えて、こちらに向かって堂々と芝生を横切ってくる。グリモールド・プレイスから持ってきた古着の一つを着て、歩きながら小さなビーズバッグを、ローブの内ポケットにしまい込んでいる。正体はハーマイオニーだとわかってはいても、ハリーは、おぞましさに思わず身震いする。ベラトリックスは、ハリーより背が高く、長い黒髪を背中に波打たせ、厚ぼったい瞼《まぶた》の下からハリーを蔑《さげす》むような目で見る。しかし話しはじめると、ベラトリックスの低い声を通して、ハリーはハーマイオニーらしさを感じ取ることができた。

「反吐《へど》が出そうな味だったわ。ガーディルートよりひどい！　じゃあ、ロン、ここへきて。あなたに術を……」

「うん。でも、忘れないでくれよ。あんまり長いひげはいやだぜ――」

「まあ、なにを言ってるの。ハンサムに見えるかどうかの問題じゃないのよ――」

「そうじゃないよ。邪魔っけだからだよ！　でも鼻はもう少し低いほうがいいな。この前やったみたいにしてよ」

ハーマイオニーはため息をついて仕事に取りかかり、声をひそめて呪文を唱えながら、ロンの容貌《ようぼう》のあちこちを変えていく。ロンはまったく実在しない人物になる予定だが、ベラトリックスの悪のオーラが少なからずロンを守ってくれるだろうと、みなが信じている。一方、ハリーとグリップフックは、「透明マント」に隠れる手はずになっている。

「さあ」ハーマイオニーが言う。「これでどうかしら、ハリー？」

変装していても、辛《かろ》うじてロンだと見分けがついたが、それはたぶん、本人をあまりにもよく知っているせいだろう、とハリーは思う。ロンは、髪の毛を長く波打たせ、顎《あご》と口に濃い褐色のひげを生やしている。そばかすは消え、鼻は低く横に広がり、眉《まゆ》は太かった。

「そうだな、僕の好みのタイプじゃないけど、これで通用するよ」ハリーが答える。「それじゃ、行こうか？」

薄れゆく星明かりの下に静かに影のように横たわる「貝殻《かいがら》の家」を、三人はひと目だけ振り返る。それから家に背を向け、境界線の壁を越える地点をめざして歩いた。「忠誠《ちゅうせい》の呪文」はその地点で切れ、「姿くらまし」できるようになる。門を出るとすぐ、グリップフックが口を開いた。

「たしかここで、私は負《おぶ》さるのですね、ハリー・ポッター？」

ハリーがかがみ、小鬼はその背中によじ登って、ハリーの首の前で両手を組む。重くはなかったが、小鬼の感触や、しがみついてくる驚くほどの力がハリーはいやだった。ハーマイオニーが、ビーズバッグから「透明マント」を出して二人の上からかぶせる。

「完璧よ」ハーマイオニーは、かがんでハリーの足元を確かめながら言う。「なんにも見えないわ。行きましょう」

ハリーはグリップフックを肩に乗せたまま、ダイアゴン横丁の入口、旅籠《はたご》の「漏《も》れ鍋《なべ》」に全神経を集中して、その場で回転した。締めつけられるような暗闇に入ると、小鬼はさらに強くしがみついてくる。数秒後、ハリーの足が歩道を打つ。目を開けると、そこはチャリング・クロス通り。マグルたちが、早朝のしょぼしょぼ顔で、小さな旅籠にはまったく気づかずに、あわただしく通り過ぎていく。

「漏れ鍋」のバーには、ほとんどだれもいなかった。腰の曲がった歯抜けの亭主トムが、カウンターの中でグラスを磨いている。隅でひそひそ話をしていた二人の魔法戦士が、ハーマイオニーの姿をひと目見るなり、暗がりに身を引いた。

「マダム・レストレンジ」トムがつぶやき、ハーマイオニーが通り過ぎるときに、へつらうように頭を下げる。

「おはよう」ハーマイオニーが挨拶をする。ハリーがグリップフックを肩に乗せたまま「マント」をかぶってこっそり通り過ぎる際、トムの顔が驚いていた。

「丁寧すぎるよ」

宿から小さな裏庭に抜けながら、ハリーがハーマイオニーにささやく。

「ほかのやつらは、虫けら扱いにしなくちゃ！」

「はい、はい！」

ハーマイオニーはベラトリックスの杖《つえ》を取り出し、目の前の平凡なレンガの壁をたたいた。たちまちレンガが渦を巻き、回転しながら真ん中に現れた穴が次第に広がっていく。そしてとうとう、狭い石畳のダイアゴン横丁へと続く、アーチ形の入口になった。

横丁は静まり返っていた。開店の時間にはまだ早く、買い物客の姿はほとんどない。もう何年も前になるが、ハリーがホグワーツの最初の学期の準備にきたときには、この曲りくねった石畳の通りはにぎやかな場所だった。しかし、いまは様変わりしている。これまでになく多くの店が閉じられ、窓に板が打ちつけられている一方、前回きたときにはなかった店が数軒、闇の魔術専門店として開店していた。あちこちのウィンドウに貼られたポスターから、「問題分子ナンバーワン」の説明書きがついた自分自身の顔が、ハリーを睨《にら》んでいる。

ボロを着た人たちが何人も、あちこちの店の入口にうずくまっている。まばらな通行人に、うめくように呼びかけては金銭をせびり、自分たちは本当に魔法使いなのだと言い張っている声が、ハリーの耳に届く。一人の男など、片方の目を覆った包帯が血だらけだ。

横丁を歩きはじめると、物乞いたちはハーマイオニーの姿を盗み見て、たちまちその目の前から、溶けてなくなるように姿を消した。フードで顔を隠し、蜘蛛《くも》の子を散らすように逃げていく後ろ姿を、ハーマイオニーは不思議なものを見るように眺めている。するとそこへ、血だらけの包帯の男が現れ、よろよろとハーマイオニーの行く手を塞ぐ。

「私の子供たち！」

男は、ハーマイオニーを指さして大声で呼ばわる。正気を失ったような、かすれてかん高い声だ。

「私の子供たちはどこだ？　あいつは子供たちになにをしたんだ？　おまえは知っている。知っている！」

「私――私はほんとに――」ハーマイオニーは口ごもった。

男はハーマイオニーに飛びかかり、喉《のど》に手を伸ばす。そのとき、バーンという音とともに赤い閃光《せんこう》が走り、男は気を失って仰向けに地面に投げ出された。ロンが杖《つえ》を構えたまま、ひげ面の奥から衝撃を受けたような顔を覗かせて突っ立っている。両側の窓々から何人かが顔を出す一方、裕福そうな通行人が小さな塊《かたまり》になって一刻も早く離れようと、ローブをからげて小走りにその場から立ち去っていく。

ハリーたちのダイアゴン横丁入場は、これ以上目立つのは難しいだろう、というほど人目についた。一瞬ハリーは、いますぐ立ち去って、別な計画を練るほうがよいのではないかと迷う。しかし、移動する間も相談する余裕もないうちに、背後でさけぶ声が聞こえた。

「なんと、マダム・レストレンジ！」

ハリーはくるりと振り向き、グリップフックはハリーの首にさらにしがみつく。背の高い、痩身《そうしん》の魔法使いが、大股《おおまた》で近づいてくる。王冠のように見えるもじゃもじゃした白髪で、鼻は高く鋭い。

「トラバースだ」

小鬼がハリーの耳にささやくが、その瞬間、ハリーはトラバースがだれだったか思い出すことができない。ハーマイオニーは思い切り背筋を伸ばし、可能なかぎり見下した態度で言葉を発した。

「私になにか用か？」

トラバースは、明らかにむっとして、その場に立ち止まる。

「死喰い人の一人だ！」グリップフックが声を殺して言う。

ハリーはハーマイオニーに耳打ちして知らせようと、横歩きでにじり寄る。

「単にあなたに、挨拶をしようとしただけだ」トラバースが冷たく言う。「しかし、私が目障《めざわ》りだということなら……」

ハリーは、ようやくその声を思い出す。トラバースは、ゼノフィリウスの家に呼び寄せられた死喰い人の一人だ。

「いや、いや、トラバース、そんなことはない」ハーマイオニーは失敗を取り繕《つくろ》うために、急いで言いなおす。「しばらくだった」

「いやあ、正直言って、ベラトリックス、こんなところでお見かけするとは驚いた」

「そうか？　なぜだ？」ハーマイオニーが聞く。

「それは」トラバースは咳《せき》ばらいする。「聞いた話だが、マルフォイの館の住人は軟禁状態だとか。つまり……その……逃げられたあとで」

ハリーは、ハーマイオニーが冷静でいてくれるように願う。もし、それが本当なら、もし、ベラトリックスが公の場に現れるはずがないのなら――。

「闇の帝王は、これまで最も忠実にあの方にお仕えした者たちを、お許しになる」

ハーマイオニーは見事に、ベラトリックスの侮蔑的な調子をまねる。

「トラバース、あなたは私ほどに、あの方の信用を得ていないのではないか？」

死喰い人は感情を害したようだったが、同時に怪しむ気持ちは薄れたようだ。トラバースは、ロンがいましがた「失神《しっしん》の呪文」で倒した男をちらりと見る。

「こいつは、なにゆえお怒りに触れたのですかな？」

「それはどうでもよい。二度とそんなことはできまい」ハーマイオニーは冷たく言い放つ。

「『杖《つえ》なし』たちの中には、やっかいなのもいるようですな」トラバースが言う。「物乞いだけしているうちは、別にかまわんのだが、先週、ある女が、魔法省で私に弁護をしてくれと求めてきた。『私は魔女です。魔女なんです。あなたにその証拠を見せます！』」

トラバースはキーキー声をまねしてみせる。

「まるでその女に、私が自分の杖を与えるとでも思ったみたいに――しかし、いまあなたは」トラバースは興味深げに聞く。「だれの杖をお使いかな、ベラトリックス？噂《うわさ》では、あなたの杖は――」

「私の杖はここにある」

ハーマイオニーはベラトリックスの杖《つえ》を上げて、冷たく言う。

「トラバース、いったいどんな噂《うわさ》を聞いているのかは知らないが、気の毒にもまちがった情報をお持ちのようだ」

トラバースはやや驚いた様子で、今度はロンに目を向ける。

「こちらのお連れは、どなたかな？　私には見覚えがないが」

「ドラゴミール・デスパルドだ」

ロンが他人になりすますのには、架空の外国人が一番安全だろうと、三人は決めていた。

「英語はほとんどしゃべれない。しかし、闇の帝王の目的に共鳴している。トランシルバニアから、我々の新体制を見学にきたのだ」

「ほう？　はじめまして、ドラゴミール」

「はじめって」ロンが手を差し出す。

トラバースは指を二本だけ出して、汚れるのが怖いとでもいうようにロンと握手した。

「ところで、あなたも、こちらの——えーと——共鳴しておられるお連れの方も、こんなに早朝、ダイアゴン横丁に何用ですかな？」トラバースが聞く。

「グリンゴッツに用がある」ハーマイオニーが言った。

「なんと、私もだ」トラバースの声が明るくなる。「金、汚い金！ それなくして我々は生きられん。しかし、実を言うと、指の長い友達と付き合わねばならんのは、嘆かわしいかぎりだ」

ハリーは、グリップフックの指が、一瞬首を締めつけるのを感じた。

「参りましょうか？」トラバースがハーマイオニーを、先へと促す。

ハーマイオニーは、しかたなく並んで歩き、曲りくねった石畳の道を、小さな店舗の上にひときわ高くそびえる雪のように白いグリンゴッツの建物へと向かう。ロンはひっそりと二人の横を歩き、ハリーとグリップフックはその後ろに続いた。

警戒心の強い死喰い人の出現は、最も望ましくない展開だ。トラバースが、すっかりベラトリックスだと思い込んでハーマイオニーの横を歩いているので、ハリーがハーマイオニーともロンとも話ができないのは、最悪だ。そうこうするうちに、大理石の階段の下に着いてしまった。階段の上には大きなブロンズの扉がある。グリップフックに警告されていたとおり、扉の両側には、制服を着た小鬼の代わりに、細長い金の棒を持った魔法使いが立っている。

「ああ、『潔白検査棒《けっぱくけんさぼう》』だ」

トラバースが大げさな身振りでため息をつく。

「原始的だ——しかし効果あり！」

トラバースは階段を上がって、左右の魔法使いにうなずく。魔法使いたちは金の棒を上げて、トラバースの体を上下になぞる。「検査棒」が、身を隠す呪文や隠し持った魔法の品を探知する棒だということは、ハリーも知っている。わずか数秒しかないと判断し、ハリーはドラコの杖《つえ》を二人の門番に順に向けて、呪文を二回つぶやいた。

「コンファンド　錯乱せよ」

ブロンズの扉から中を見ていたトラバースは気づかなかったが、門番の二人は呪文に撃たれたとたん、びくっと体を震わせる。

ハーマイオニーが長い黒髪を背中に波打たせて、階段を上った。

「マダム、お待ちください」「検査棒」を上げながら、門番が言う。

「たったいま、すませたではないか！」

ハーマイオニーが、ベラトリックスの傲慢《ごうまん》な命令口調で言った。トラバースが眉《まゆ》を吊り上げて振り向く。門番は混乱して、細い金の「検査棒」をじっと見下ろし、それからもう一人の門番を見る。

「ああ、マリウス、おまえはたったいま、この方たちを検査したばかりだよ」

相方は、少しぼうっとした声で言う。

ハーマイオニーがロンと並んで、威圧するようにすばやく進み、ハリーとグリップフックは、透明のままそのあとから小走りに進んだ。敷居をまたいでからハリーがちらりと振り返ると、二人の魔法使いは頭をかいている。

内扉の前には小鬼が二人立っていた。銀の扉には、盗人《ぬすびと》は恐ろしい報いを受けると警告した詩が書いてある。それを見上げたとたん、ハリーの心に思い出がくっきりと蘇《よみがえ》る。十一歳になった日、人生で一番すばらしい誕生日に、ハリーはこの同じ場所に立っていた。ハグリッドが横に立ち、こう言った。

〝言ったろうが。ここから盗もうなんて、狂気の沙汰だわい〟

あの日のグリンゴッツは、不思議の国に見えた。魔法のかかった宝の山の蔵、ハリーに遺《のこ》されたことなどまったく知らなかった黄金。そのグリンゴッツに、盗みにもどってこようとは、あのときは夢にも思わなかった……次の瞬間、ハリーたちは、広々とした大理石のホールに立っていた。

細長いカウンターの向こう側では、脚高の丸椅子に座った小鬼たちが、その日の最初の客に応対している。ハーマイオニー、ロン、トラバースの三人は、片眼鏡をかけて一枚の分厚い金貨を吟味している年老いた小鬼に向かう。ハーマイオニーは、ロンにホールの特徴を説明するという口実で、トラバースに先を譲った。

小鬼は手にしていた金貨を脇に放り投げ、だれに言うともなく言った。

「レプラコーンの偽《にせ》金貨だ」

そしてトラバースに挨拶し、渡された小さな金の鍵を調べた後、持ち主に返す。

ハーマイオニーが進み出た。

「マダム・レストレンジ！」

小鬼は、明らかに度肝を抜かれたようだ。

「なんと！　な――なんのご用命でございましょう？」

「私の金庫に入りたい」ハーマイオニーが告げる。

年老いた小鬼は、少し後ずさりしたように見えた。ハリーはさっとあたりを見回す。トラバースがまだその場に残って見つめている。そればかりでなく、ほかの小鬼も数人、仕事の手を止めて顔を上げ、ハーマイオニーをじっと見ていた。

「あなた様の……身分証明書はお持ちで？」小鬼が聞く。

「身分証明書？　こ――これまで、そんなものを要求されたことはない！」

ハーマイオニーが声を張り上げる。

「連中は知っている！」グリップフックがハリーの耳にささやく。「名を騙《かた》る偽者《にせもの》が現れるかもしれないと、警告を受けているにちがいない！」

「マダム、あなた様の杖《つえ》で結構でございます」小鬼が丁寧に申し出た。

小鬼はかすかに震える手を差し出す。ハリーはそのとたんに気づいて、ぞっとする。グリンゴッツの小鬼たちは、ベラトリックスの杖が盗まれたことを知っている！

「いまだ。いまやるんだ」グリップフックがハリーの耳元でささやく。「服従《ふくじゅう》の呪文だ！」

ハリーは「マント」の下でサンザシの杖を上げ、年老いた小鬼に向けて、生まれてはじめての呪文をささやいた。

「インペリオ　服従せよ」

奇妙な感覚がハリーの腕を流れた。暖かいものがじんじん流れるような感覚で、どうやらそれは、自分の心から流れ出て筋肉や血管を通り、杖と自分を結びつけて、いまかけた呪いへと流れ出していくようだ。小鬼はベラトリックスの杖を受け取り、念入りに調べていたが、やがてこう言った。

「ああ、新しい杖をお作りになったのですね、マダム・レストレンジ！」

「なに？」ハーマイオニーはどぎまぎしている。「いや、いや、それは私の――」

「新しい杖？」

トラバースがふたたびカウンターに近づいてきた。まわり中の小鬼がまだ見つめている。

「しかし、そんなことがどうしてできる？　どの杖作りを使ったのだ？」

ハリーは考えるより先に行動していた。トラバースに杖を向け、もう一度小声で唱えた。

「インペリオ　服従せよ」

「ああ、なるほど、そうだったか」

トラバースがベラトリックスの杖《つえ》を見下ろして言う。

「なるほど、見事なものだ。それで、うまく機能しますかな？　杖はやはり、少し使い込まないとなじまないというのが私の持論だが、どうですかな？」

ハーマイオニーは、まったくわけがわからないという顔をしていたが、結局この不可解な成行きをなにも言わずに受け入れたので、ハリーはほっと胸をなで下ろす。

年老いた小鬼がカウンターの向こうで両手を打つと、若手の小鬼がやってきた。

「『鳴子《なるこ》』の準備を」

年老いた小鬼がそう言いつけると、若い小鬼はすっ飛んでいき、ガチャガチャと金属音のする革袋を手に、すぐにもどってきて、袋を上司に渡した。

「よし、よし！　では、マダム・レストレンジ、こちらへ」

年老いた小鬼は、丸椅子からポンと飛び降りて姿が見えなくなる。

「私が金庫まで、ご案内いたしましょう」

カウンターの端から現れた年老いた小鬼が、革袋の中身をガチャつかせながら、いそいそと小走りでやってくる。トラバースは、口をだらりと開け、棒のように突っ立っていた。ロンがぽかんとしてトラバースを眺めているせいで、周囲の目がこの奇妙な現象に引きつけられている。

「待て――ボグロッド！」

別の小鬼が、カウンターの向こうからあたふたと走ってくる。

「私どもは、指令を受けております」

小鬼はハーマイオニーに一礼しながら言う。

「マダム・レストレンジ、申し訳ありませんが、レストレンジ家の金庫に関しては、特別な命令が出ています」

その小鬼が、ボグロッドの耳に急いで何事かをささやいたが、「服従」させられているボグロッドは、その小鬼を振りはらった。

「指令のことは知っております。しかし、マダム・レストレンジはご自分の金庫にいらっしゃりたいのです……旧家です……昔からのお客様です……さあ、こちらへ、どうぞ……」

そして、相変わらずガチャガチャと音を立てながら、ボグロッドは、ホールから奥に続く無数の扉の一つへと急いだ。ハリーが振り返って見ると、トラバースは、異常に虚ろな顔で、同じ場所に根が生えたように立っていた。ハリーは意を決して、杖を一振りし、トラバースに従《つ》いてこさせた。トラバースは、おとなしく後ろから従いてくる。一行は扉を通り、その向こうのごつごつした石のトンネルへと出た。松明《たいまつ》がトンネルを照らしている。

「困ったことになった。小鬼たちが疑っている」

背後で扉がバタンと閉まるのを待って、「透明マント」を脱いだハリーが言った。グリップフックが肩から飛び降りる。ボグロッドもトラバースも、ハリー・ポッターが突然その場に現れたことに、驚く気配をまったく見せない。

「この二人は『服従』させられているんだ」

無表情にその場に立つトラバースとボグロッドを見て、困惑した顔でたずねるハーマイオニーとロンに、ハリーが答えた。

「僕は、十分強く呪文をかけられなかったかもしれない。わからないけど……」

そのとき、また別の思い出がハリーの脳裏をかすめる。ハリーがはじめて「許されざる呪文」を使おうとしたときに、本物のベラトリックス・レストレンジがかん高くさけんだ声だ。

〝本気になる必要があるんだ、ポッター！〟

「どうしよう？」ロンが聞く。「まだ間に合ううちに、すぐここを出ようか？」

「出られるものならね」

ハーマイオニーが、ホールにもどる扉を振り返りながら言う。その向こう側でなにが起こっているか、わかったものではない。

「ここまできた以上、先に進もう」ハリーが決断する。

「結構！」グリップフックが言う。「それでは、トロッコを運転するのに、ボグロッドが必要です。私にはもうその権限がありません。しかし、あの魔法使いの席はありませんね」

ハリーはトラバースに杖《つえ》を向ける。

「インペリオ！　服従せよ！」

トラバースは回れ右して、暗いトンネルをきびきびと歩きはじめた。

「なにをさせているんですか？」

「隠れさせている」

ボグロッドに杖を向けながら、ハリーが言う。ボグロッドが口笛を吹くと、小さなトロッコが暗闇からこちらに向かってゴロゴロと線路を走ってくる。全員がトロッコによじ登り、先頭にボグロッド、後ろの席にグリップフック、ハリー、ロン、ハーマイオニーがぎゅう詰めになって乗り込んだとたん、背後のホールから、たしかにさけび声が聞こえたようだ。

トロッコはガタンと発車し、どんどん速度を上げる。壁の割れ目に体を押し込もうとして身をよじっているトラバースの横をあっという間に通り過ぎ、くねくね曲がる坂道の迷路を、トロッコは下へ下へと走る。ガタゴトと線路を走るトロッコの音にかき消されて、ハリーはなにも聞こえなくなる。天井から下がる鍾乳石《しょうにゅうせき》の間を飛ぶように縫い、どんどん地中深く潜っていくトロッコから、ハリーは髪をなびかせながら何度も後ろを振り返る。ハリーたちは、膨大な手がかりを残してきたも同然だ。考えれば考えるほど、ハーマイオニーをベラトリックスに変身させたのは愚かだったと、ハリーは後悔しはじめた。ベラトリックスの杖《つえ》をだれが盗んだのか、死喰い人にはわかっているのに、その杖を持ってくるなんて――。

トロッコは、ハリーが入ったことのない、グリンゴッツの奥深くへと入り込んでいく。ヘアピンカーブを高速で曲がったとたん、線路にたたきつけるように落ちる滝が目に飛び込んできた。滝の下まであと何秒もない。グリップフックのさけび声がハリーの耳に入った。

「だめだ！」

しかし、ブレーキを効かせる間もない。トロッコはそのままズーンと滝に突っ込んだ。ハリーは目も口も水で塞がれ、なにも見えず、息もできない。トロッコがぐらりと恐ろしく傾いたと思ったとたん、ひっくり返って、全員が投げ出された。トロッコがトンネルの壁にぶつかって粉々になる音や、ハーマイオニーがなにかさけぶ声が聞こえた瞬間、ハリーは無重力状態のようにすーっと地面に降りていく。ハリーはなんの苦もなく、岩だらけのトンネルに着地できた。

「ク……クッション呪文」

ロンに助け起こされたハーマイオニーが、ゲホゲホ咳《せ》き込みながら言う。そのハーマイオニーを見て、ハリーは大変だと思った。そこにはベラトリックスの姿はなく、ぶかぶかのローブを着てずぶ濡れになり、完全に元にもどったハーマイオニーが立っている。ロンも赤毛でひげなしになっていた。二人とも互いの顔を見、自分の顔を触ってみて、それに気づく。

「盗人《ぬすびと》落としの滝！」よろよろと立ち上がったグリップフックが、水浸しの線路を振り返りながら言った。いまになってハリーは、それが単なる水ではなかったことに気づいた。

「呪文も魔法による隠蔽《いんぺい》も、すべて洗い流します！ グリンゴッツに偽者《にせもの》が入り込んだことがわかって、我々に対する防衛手段が発動されたのです！」

ハーマイオニーが、ビーズバッグがまだあるかどうかを調べているのを見て、ハリーも急いで上着に手を突っ込み、「透明マント」がなくなっていないことを確かめた。振り返ると、ボグロッドが当惑顔で頭を振っているのが見える。「盗人落としの滝」は、「服従《ふくじゅう》の呪文」をも解いてしまったようだ。

「彼は必要です」グリップフックが言う。「グリンゴッツの小鬼なしでは、金庫には入れません。それに『鳴子《なるこ》』も必要です！」

「インペリオ！ 服従せよ！」

ハリーがまた唱えた。その声は石のトンネルに反響し、同時に、頭から杖《つえ》に流れる陶然《とうぜん》とした強い制御の感覚がもどってきた。ボグロッドはふたたびハリーの意思に従い、まごついた表情が礼儀正しい無表情に変わる。ロンは、金属の道具が入った革袋を急いで拾う。

「ハリー、だれかくる音が聞こえるわ！」

ハーマイオニーは、ベラトリックスの杖を滝に向けてさけんだ。

「プロテゴ！　護れ！」

「盾の呪文」がトンネルを飛んでいき、魔法の滝の流れを止めるのが見える。

「いい思いつきだ」ハリーが言う。「グリップフック、道案内してくれ」

「どうやってここから出るんだ？」

グリップフックのあとを、暗闇に向かって急いで歩きながら、ロンが聞く。ボグロッドは年老いた犬のように、ハァハァ言いながらそのあとに従《つ》いてくる。

「いざとなったら考えよう」ハリーが言った。

ハリーは耳を澄ましていた。近くでなにかがガランガランと音を立てて動き回っている気配を感じる。

「グリップフック、あとどのくらい？」

「もうすぐです。ハリー・ポッター、もうすぐ……」

角を曲がったとたん、ハリーの警戒していたものが目に入った。予想していたとは言え、やはり全員が棒立ちになる。

巨大なドラゴンが、行く手の地面につながれ、最も奥深くにある四つか五つの金庫にだれも近づけないように立ちはだかっている。長い間地下に閉じ込められていたせいで、色の薄れた鱗《うろこ》ははげ落ちやすくなり、両眼は白濁したピンク色だ。両の後足には足枷《あしかせ》がはめられ、岩盤深く打ち込まれた巨大な杭に、鎖でつながれている。棘《とげ》のある大きな翼は、閉じられて胴体に折りたたまれていたが、広げればこの洞穴《ほらあな》くらいは塞いでしまうにちがいない。ドラゴンは醜い頭をハリーたちに向けて吠《ほ》え、その声は岩を震わせる。口を開くと炎が噴き出し、ハリーたちは走って退却した。

「ほとんど目が見えません」グリップフックが言う。「しかし、そのためにますます獰猛《どうもう》になっています。ただ、我々にはこれを押さえる方法があります。『鳴子《なるこ》』を鳴らすと、次にどうなるかを、ドラゴンは教え込まれています。それをこちらにください」

ロンが渡した革袋から、グリップフックは小さな金属の道具をいくつも引っ張り出す。道具を振ると、鉄床《かなとこ》に小型ハンマーを打ち下ろすような、大きな音が響き渡った。グリップフックは道具を一人ひとりに渡し、ボグロッドは自分の分を素直に受け取った。

「やるべきことは、わかっていますね」

グリップフックがハリー、ロン、ハーマイオニーに言う。

「この音を聞くと、ドラゴンは痛い目にあうと思って後ずさりします。その隙にボグロッドが、手のひらを金庫の扉に押し当てるようにしなければなりません」

ハリーたちは、もう一度角を曲がりなおして、前進する。「鳴子《なるこ》」を振ると、岩壁に反響した音が何倍にも増幅されてガンガンと響き、頭骸骨が震動するのを感じる。ドラゴンはふたたび咆哮《ほうこう》を上げながらも、後ずさりした。ハリーはドラゴンが震えているのに気づく。近づいて見ると、その顔に何か所も荒々しく切りつけられた傷痕《きずあと》が残っている。「鳴子」の音を聞くたびに焼けた剣を怖がるよう、躾《しつけ》られたのだろう。

「手のひらを扉に押しつけさせてください！」

グリップフックがハリーを促す。ハリーはふたたびボグロッドに杖《つえ》を向けた。年老いた小鬼は命令に従い、木の扉に手のひらを押しつける。金庫の扉が溶けるように消え、洞窟《どうくつ》のような空間が現れた。天井から床までぎっしり詰まった金貨、ゴブレット、銀の鎧《よろい》、不気味な生き物の皮――長い棘《とげ》がついている物もあるし、羽根が垂れ下がっているのもある――宝石で飾られたフラスコ入りの魔法薬、冠をかぶったままの頭骸骨。

「探すんだ、早く！」急いで中に入りながら、ハリーが声を上げる。

ハリーは、ハッフルパフのカップがどんなものか、ロンとハーマイオニーに話しておいたが、この金庫に隠されている分霊箱《ぶんれいばこ》がそれ以外の未知のものなら、なにを探してよいのかわからない。しかし、全体を見渡す間もなく、背後で鈍い音がしたと思うと金庫の扉がふたたび現れ、ハリーたちは閉じ込められてしまった。あたりはたちまち真っ暗闇になり、ロンが驚いてさけび声を上げた。

「心配いりません。ボグロッドが出してくれます！」グリップフックが言う。「杖灯《つえあか》りを点《つ》けていただけますか？　それに、急いでください。ほとんど時間がありません！」

「ルーモス！　光よ！」

ハリーが、杖灯りで金庫の中をぐるりと照らす。灯りを受けてキラキラ輝く宝石の中に、ハリーは、いろいろな鎖に混じって高い棚に置かれている偽のグリフィンドールの剣《つるぎ》を見つけた。ロンとハーマイオニーも杖灯りを点けて、まわりの宝の山を調べはじめている。

「ハリー、これはどう――？　あぁぅ――――！」

ハーマイオニーが痛そうにさけぶ。ハリーが杖を向けて見ると、宝石をはめ込んだゴブレットがハーマイオニーの手から転がり落ちるところだ。ところが、落ちたとたんにそのゴブレットが分裂して同じようなゴブレットが噴き出し、あっという間に床を埋め、カチャカチャとやかましい音を立てながらあちこちに転がりはじめた。もともとのゴブレットがどれだったか、見分けがつかない。

「火傷したわ！」

ハーマイオニーが、火脹《ひぶく》れになった指をしゃぶりながらうめく。

「『双子《ふたご》の呪文』と『燃焼《ねんしょう》の呪い』が追加されていたのです！」グリップフックが言う。「触れる物はすべて、熱くなり、増えます。しかしコピーには価値がない――宝物に触れ続けると、最後には増えた金の重みに押しつぶされて死にます！」

「わかった。なんにも手を触れるな！」

ハリーは必死だった。しかしそう言うそばから、ロンが、落ちたゴブレットの一つをうっかり足で突ついてしまい、ロンがその場で飛び跳ねているうちに、ゴブレットがまた二十個くらい増える。ロンの片方の靴の一部が、熱い金属に触れて焼け焦げていた。

「じっとして、動いちゃだめ！」ハーマイオニーは急いでロンを押さえようとした。

「目で探すだけにして！」ハリーがさけぶ。

「いいか、小さい金のカップだ。アナグマが彫ってあって、取っ手が二つついているもの――そのほかに、レイブンクローの印がどこかについてるものがないか見てくれ。鷲だ――」

三人はその場で慎重に向きを変えながら、隅々の割れ目まで杖《つえ》で照らす。しかし、なんにも触れないというのは不可能だった。ハリーはガリオン金貨の滝を作ってしまい、偽《にせ》の金貨がゴブレットと一緒になって、もはや足の踏み場もない。しかも輝く金貨が熱を発し、金庫は竈《かまど》の中のようだ。ハリーの杖灯《つえあか》りが、天井まで続く棚に置かれた盾《たて》の類や、小鬼《ゴブリン》製の兜《かぶと》を照らし出す。杖灯りを徐々に上へと移動させていくと、突然、あるものが見えた。ハリーの心臓は躍り、手が震える。

「あそこだ。あそこ！」

ロンとハーマイオニーも、杖をそこに向けた。小さな金のカップが、三方からの杖灯りに照らされて浮かび上がる。ヘルガ・ハッフルパフのものだったカップ。ヘプジバ・スミスに引き継がれ、トム・リドルに盗まれたカップだ。

「だけど、いったいどうやって、なんにも触れないであそこまで登るつもりだ？」

ロンが聞いた。

「アクシオ！　カップよ、こい！」

ハーマイオニーがさけぶ。必死になるあまり、計画の段階でグリップフックの言ったことを忘れてしまったらしい。

「むだです。むだ！」小鬼が歯噛《はが》みする。

「それじゃ、どうしたらいいんだ？」ハリーは小鬼を睨《にら》む。「剣《つるぎ》が欲しいなら、グリップフック、もっと助けてくれなきゃ——待てよ！　剣《つるぎ》なら触れられるんじゃないか？　ハーマイオニー、剣をよこして！」

ハーマイオニーはローブをあちこち探って、やっとビーズバッグを取り出し、しばらくがさごそかき回していたが、やがて輝く剣を取り出した。ハリーはルビーのはまった柄《つか》をにぎり、剣先で、近くにあった銀の細口瓶《びん》に触れてみる。増えない。

「剣をカップの取っ手に引っかけられたら——でも、あそこまでどうやって登ればいいんだろう？」

カップが置かれている棚は、だれも手が届かない。三人の中で一番背の高いロンでさえ届かない。呪文のかかった宝から出る熱が、熱波となって立ち昇り、カップに届く方法を考えあぐねているハリーの顔からも背中からも、汗を滴《したた》らせる。そのとき、金庫の扉の向こう側で、ドラゴンの吠《ほ》え声とともに、次第に大きくなるガチャガチャ音が聞こえた。

いまや、完全に包囲されてしまった。出口は扉しかない。しかし扉の向こうには大勢の小鬼が近づきつつある。ハリーがロンとハーマイオニーを振り返ると、二人とも恐怖で顔が引き攣《つ》っている。

「ハーマイオニー」

ガチャガチャという音が次第に大きくなる中で、ハリーが呼びかける。

「僕、あそこまで登らないといけない。僕たちは、あれを破壊しないといけないんだ――」

ハーマイオニーは杖《つえ》を上げ、ハリーに向けて小声で唱える。

「レビコーパス　身体浮上せよ」

ハリーの体全体が踵《かかと》から持ち上がって、逆さまに宙に浮かぶ。とたんに鎧《よろい》にぶつかり、白熱した鎧のコピーが中から飛び出して、すでに一杯になっている空間をさらに埋める。ロン、ハーマイオニー、そして二人の小鬼が、押し倒されて痛みにさけびを上げながら、ほかの宝にぶつかる。その宝のコピーがまた増える。満ち潮のように迫《せ》り上がってくる灼熱した宝に半分埋まり、みなが悲鳴を上げてもがく中、ハリーは剣をハッフルパフのカップの取っ手に通し、剣先にカップを引っかけた。

「インパービアス！　防水・防火せよ！」

ハーマイオニーが、自分とロンと二人の小鬼を焼けた金属から守ろうとして、金切り声で呪文を唱える。

そのとき、いちだんと大きな悲鳴が聞こえ、ハリーは下を見た。ロンとハーマイオニーが腰まで宝に埋まりながら、宝の満ち潮に飲まれようとするボグロッドを救おうと、もがいている。しかし、グリップフックはすでに沈んで姿が見えず、長い指の先だけが見えていた。

ハリーは、グリップフックの指先を捕まえて引っ張り上げた。火脹《ひぶく》れの小鬼が、泣きわめきながら少しずつ上がってくる。

「リベラコーパス！　身体自由！」

ハリーが呪文をさけび、グリップフックもろとも、ふくれ上がる宝の表面に音を立てて落下した。剣《つるぎ》がハリーの手を離れて飛んだ。

「剣を！」熱い金属が肌を焼く痛みと戦いながら、ハリーがさけぶ。

グリップフックは灼熱した宝の山をなにがなんでも避けようと、またハリーの肩によじ登る。

「剣はどこだ？　カップが一緒なんだ！」

扉の向こうから聞こえてくるガチャガチャ音が、耳をつんざくほどに大きくなっている――もう遅すぎる。

「そこだ！」

見つけたのも飛びついたのも、グリップフックだった。そのとたんハリーは、小鬼が自分たちとの約束をまったく信用していなかったことを思い知る。グリップフックは、焼けた宝の海のうねりに飲み込まれまいと、片手でハリーの髪の毛をむんずとつかみ、もう一方の手に剣の柄《つか》をつかんで、ハリーに届かないよう高々と振り上げた。

剣先に取っ手が引っかかっていた小さな金のカップが、宙に舞う。小鬼を肩車したまま、ハリーは飛びついてカップをつかむ。カップがじりじりと肌を焼くのを感じながらも、ハリーはカップを放さなかった。数え切れないハッフルパフのカップが、にぎった手の中から飛び出して、雨のように降りかかってきても離さなかった。そのとき金庫の入口が開き、ハリーは、ふくれ続ける火のように熱い金銀の雪崩になす術もなく流されて、ロン、ハーマイオニーと一緒に金庫の外に押し出された。

体中を覆う火傷の痛みもほとんど意識せず、増え続ける宝のうねりに流されながら、ハリーはカップをポケットに押し込んで、剣を取りもどそうと手を伸ばす。しかし、グリップフックはもういなかった。頃合を見計らって、すばやくハリーの肩から滑り降りたグリップフックは、周囲を取り囲む小鬼の中にまぎれ込み、剣を振り回してさけんでいた。

「泥棒！　泥棒！　助けて！　泥棒だ！」

グリップフックは、攻め寄せる小鬼の群れの中に消える。手に手に短刀を振りかざした小鬼たちは、なんの疑問もなくグリップフックを受け入れた。

熱い金属に足を取られながら、ハリーはなんとか立ち上がろうともがき、脱出するには囲みを破るほかはないと覚悟する。

「ステューピファイ！　麻痺《まひ》せよ！」

ハリーのさけびに、ロンとハーマイオニーも続く。赤い閃光《せんこう》が小鬼の群れに向かって飛び、何人かがひっくり返るが、ほかの小鬼が攻め寄せてくる。その上、魔法使いの門番が数人、曲り角を走ってくるのが見える。つながれたドラゴンが吠え哮《たけ》り、吐《は》き出す炎が小鬼の頭上を飛び過ぎる。魔法使いたちは身をかがめて逃げ出し、いまきた道を後退していく。そのとき、啓示《けいじ》か狂気か、ハリーの頭に突然閃《ひらめ》くものがあった。ドラゴンを岩盤に鎖でつないでいるがっしりした足枷《あしかせ》に杖《つえ》を向け、ハリーはさけぶ。

「レラシオ！　放せ！」

足枷が爆音を上げて割れる。

「こっちだ！」ハリーがさけんだ。そして、攻め寄せる小鬼たちに「失神《しっしん》の呪文」を浴びせかけながら、ハリーは目の見えないドラゴンに向かって全速力で走った。

「ハリー――ハリー――なにをするつもりなの？」ハーマイオニーがさけぶ。

「乗るんだ、よじ登って、さあ――」

ドラゴンは、まだ自由になったことに気づいていない。ハリーはドラゴンの後足の曲がった部分を足がかりにして、背中によじ登る。鱗《うろこ》が鋼鉄のように硬く、ハリーが乗ったことも感じていないようだ。ハリーの伸ばした片腕にすがって、ハーマイオニーも登る。最後にロンが登ってきた直後、ドラゴンはもうつながれていないことに気づいたようだ。

ドラゴンは、一声吠《ほ》えて後足で立ち上がる。ハリーはごつごつした鱗《うろこ》を力のかぎりしっかりつかみ、両膝《ひざ》をドラゴンの背に食い込ませた。ドラゴンは両の翼を開き、悲鳴を上げる小鬼たちをボウリングのピンのようになぎ倒して、舞い上がった。ハリー、ロン、ハーマイオニーの三人は、トンネルの開口部方向に突っ込んでいくドラゴンの背中にぴったり張りついた。天井で体がこすれる。その上、追っ手の小鬼たちが投げる短剣が、ドラゴンの脇腹をかすめる。

「外には絶対出られないわ。ドラゴンが大きすぎるもの！」

ハーマイオニーが悲鳴を上げる。しかしドラゴンは、開けた口からふたたび炎を吐《は》いて、トンネルを吹き飛ばす。床も天井も割れて砕けた。ドラゴンは、力まかせに鉤《かぎ》爪《つめ》で引っかき、道を作るのに奮闘している。熱と埃《ほこり》の中で、ハリーは両目を固く閉じていた。岩が砕ける音とドラゴンの咆哮《ほうこう》は耳を聾《ろう》するばかりで、ハリーは背中につかまっているのがやっとだ。いまにも振り落とされるのではないかと思ったそのとき、ハーマイオニーのさけぶ声が聞こえた。

「デイフォディオ！　掘れ！」

ハーマイオニーは、ドラゴンがトンネルを広げるのを手伝っている。新鮮な空気を求め、小鬼のかん高い声と、鳴子《なるこ》の音から遠ざかろうと格闘しているドラゴンのために、天井を穿《うが》っている。ハリーとロンもハーマイオニーに倣《なら》い、穴掘り呪文を連発して、天井を吹き飛ばした。地下の湖を通り過ぎたあたりで、鼻息も荒く這《は》い進むこの巨大な生き物は、行く手に自由と広い空間を感じ取った様子だ。背後のトンネルは、ドラゴンがたたきつける棘《とげ》のある尻尾《しっぽ》と、たたき壊された瓦礫《がれき》で埋まり、大きな岩の塊《かたまり》や、巨大な鍾乳石《しょうにゅうせき》の残骸が累々《るいるい》と転がっている。後方の小鬼の鳴らすガチャガチャという音は、次第にくぐもり、前方にはドラゴンの吐《は》く炎で、着々と道が開けている――。

呪文の力とドラゴンの怪力が重なり、三人はついに地下トンネルを吹き飛ばして抜け出し、大理石のホールに突入した。小鬼も魔法使いも悲鳴を上げ、身を隠す場所を求めて逃げ惑う。とうとう翼を広げられる空間を得たドラゴンは、入口の向こうにさわやかな空気を嗅《か》ぎ分け、角《つの》の生えた頭をその方向に向けて飛び立つ。ハリー、ロン、ハーマイオニーを背中にしがみつかせたまま、ドラゴンは金属の扉を力ずくで突き破る。ねじれて蝶番《ちょうつがい》からだらりとぶら下がった扉を尻目に、よろめきながらダイアゴン横丁に進み出たドラゴンは、そこから高々と大空に舞い上がった。

第27章　最後の隠し場所

舵を取る手段などない。ドラゴン自身、どこに向かっているのか見えていない。ドラゴンが急に曲がったり空中で回転したりすれば、三人ともその広い背中から放り出されてしまう。にもかかわらずハリーは、どんどん高く舞い上がり、ロンドンが灰色と緑の地図のように眼下に広がってくるにつれ、不可能と思われた脱出ができたことへの感謝の気持ちのほうを圧倒的に強く感じている。ドラゴンの首に低く身を伏せ、金属的な鱗《うろこ》にしっかりしがみついていると、ドラゴンの翼が風車のように送る冷たい風が、火傷で火脹《ひぶく》れになった肌に心地よい。後ろでは、うれしいからか恐ろしいからかは知らないが、ロンが声を張り上げて悪態をつき、ハーマイオニーはすすり泣いている。

五分も経つとハリーは、ドラゴンに振り落とされるのではないかという緊迫した恐怖からは、少し解放されたような気がした。ドラゴンは、とにかく地下の牢獄から遠くに離れることだけを思いつめているようだ。しかし、いつ、どうやって降りるかという大問題だけは、考えるだに恐ろしい。ハリーは、ドラゴンという生き物が休まずにどれほど飛び続けられるのかを知らない。また、このほとんど目の見えないドラゴンが、どうやって着陸地点を見つけるのかになると、まったく見当もつかなかった。ハリーはひっきりなしにあたりに目を配る。額《ひたい》の傷痕《きずあと》が疼《うず》くような気がする……。

ハリーたちがレストレンジの金庫を破ったことが、ヴォルデモートの知るところとなるまでにどのくらいかかるだろう？　グリンゴッツの小鬼たちは、どのくらい急いでベラトリックスに報《しら》せるだろう？　どのくらい経ってから、盗まれた品物がなんなのかに気がつくだろう？　そして、金のカップがなくなっていると知れば、ヴォルデモートもついに気づくだろう。ハリーたちが分霊箱《ぶんれいばこ》を探し求めていることに……。

ドラゴンは、より冷たく新鮮な空気に飢えているようだ。どこまでも高く上がり、とうとういまは、冷たい薄雲が漂う中を飛んでいる。それまで、色のついた小さな点のように見えていたロンドンに出入りする車も、もう見えない。ドラゴンは飛び続ける。緑と茶色の区画に分けられた田園の上を、景色を縫って蛇行する艶《つや》消しのリボンのような道や光る川の上を、どこまでもどこまでも……。

「こいつはなにを探してるんだ？」北へ北へと飛びながら、ロンが後ろからさけぶ。

「わからないよ」ハリーがさけび返す。

冷たくて手の感覚がなくなっている。かといってにぎりなおすことなど怖くてとてもできない。ハリーは、眼下に海岸線が通り過ぎるのが見えたらどうしようと考えていた。もしドラゴンが広い海に向かっていたらどうなるのだろう。ハリーは寒さにかじかんでいた。それればかりか、死ぬほど空腹で喉《のど》も渇いている。このドラゴンが最後に餌《えさ》を食ったのはいつだろう？　きっとそのうちに、食料補給が必要になるのではないだろうか？　そして、もしそのとき、三人のちょうど食べごろの人間が背中に乗っていることに気づいたら？

太陽が傾き、空は藍色に変わる。ドラゴンは依然として飛び続けている。大小の街が矢のように通り過ぎ、ドラゴンの巨大な影が、大きな黒雲のように地上を滑っていく。ドラゴンの背に必死にしがみついているだけで、ハリーは体中のあちらこちらが痛んだ。

「僕の錯覚かなぁ？」長い無言の時間が過ぎ、やがてロンがまたさけんだ。「それとも、高度が下がっているのかなぁ？」

ハリーが下に目を遣《や》ると、日没の光で赤銅色に染まった深い緑の山々と湖がいくつか見える。ドラゴンの脇腹から目を細めて確かめているうちにも、見る見る景色は大きくなり、細部が見えてくる。ドラゴンが、陽の光の反射で淡水の存在を感じ取ったのかもしれない。

ドラゴンは次第に低く飛び、大きく輪を描きながら、小さめの湖の一つに的をしぼり込んだようだ。

「十分低くなったら、いいか、飛び込め！」ハリーが後ろに呼びかける。「ドラゴンが僕たちの存在に気づく前に、まっすぐ湖に！」

二人は了解したが、ハーマイオニーの返事は少し弱々しい。そのときハリーには、ドラゴンの広い黄色い腹が湖の面に映って、小さく波打っているのが見えた。

「いまだ！」

ハリーはドラゴンの脇腹をずるずる滑り降り、湖の表面めがけて足から飛び込む。落差は思ったより大きく、ハリーはしたたか水を打って、葦《あし》に覆われた凍りつくような緑色の水の世界に石が落下するように突っ込んだ。水面に向かって水を蹴り、喘《あえ》ぎながら顔を出して見回すと、ロンとハーマイオニーが落ちたあたりに、大きな波紋が広がっている。ドラゴンはなにも気づかないようだ。すでに十四、五メートルほど先をすーっと低空飛行し、傷ついた鼻面で水をすくっている。ロンとハーマイオニーの顔がようやく水面に現れ、ゼイゼイ喘《あえ》ぎながら水を吐《は》き出している。ドラゴンは翼を強く羽ばたかせてさらに飛び、ついには遠くの湖岸に着陸した。

ハリー、ロン、ハーマイオニーの三人は、ドラゴンとは反対側の岸をめざして泳いだ。湖はそう深くはないようだ。そのうち、泳ぐというよりむしろ葦と泥をかき分けて進むことになった。やっと岸に着いたときには、三人とも水を滴《したた》らせ、息を切らしながら疲労困憊で、つるつる滑る草の上にばったり倒れた。

ハーマイオニーは咳《せ》き込み、虚脱状態で震えている。ハリーもそのまま横になって眠れたらどんなに幸せかと思ったが、よろよろと立ち上がって杖《つえ》を抜き、いつもの保護呪文を周囲に張り巡らしはじめる。

それが終わって二人のそばにもどったハリーは、金庫から脱出してはじめて、二人をまともに見る。二人とも、顔と腕中を火傷で赤く腫《は》れ上がらせ、着ている物もところどころ焼け焦げて、痛さに顔をしかめて身をよじりながら、火傷にハナハッカのエキスを塗っている。ハーマイオニーはハリーに薬瓶《くすりびん》を渡し、「貝殻《かいがら》の家」から持ってきたかぼちゃジュース三本と、乾いた清潔なローブを三人分取り出す。着替えをすませた三人は、一気にジュースを飲んだ。

「まあ、いいほうに考えれば――」

座り込んで両手の皮が再生するのを見ながら、ロンがようやく口を開いた。

「分霊箱《ぶんれいばこ》を手に入れた。悪いほうに考えれば――」

「――剣《つるぎ》がない」

ジーンズの焼け焦げ穴からハナハッカを垂らして、その下のひどい火脹《ひぶく》れに薬をつけていたハリーが、歯を食いしばりながら言う。

「剣《つるぎ》がない」ロンが繰り返す。「あのチビの裏切り者の下衆野郎《げす》……」

ハリーはいま脱いだばかりの濡れた上着のポケットから分霊箱《ぶんれいばこ》を引っ張り出し、目の前の草の上に置く。カップは燦然《さんぜん》と陽に輝き、ジュースをぐい飲みする三人の目を引いた。

「少なくともこれは、身につけられないな。首にかけたら少し変だろう」ロンが手の甲で口を拭《ぬぐ》いながら言う。

ハーマイオニーは、ドラゴンがまだ水を飲んでいる遠くの岸を眺めてる。

「あのドラゴン、どうなるのかしら？」ハーマイオニーが聞く。「大丈夫かしら？」

「君、まるでハグリッドみたいだな」ロンが信じられないとばかりに答える。「あいつはドラゴンだよ、ハーマイオニー。ちゃんと自分の面倒をみるさ。心配しなけりゃならないのは、むしろこっちだぜ」

「どういうこと？」

「えーと、この悲報を、どう君に伝えればいいのかなぁ」ロンがもったいをつけて言う。「あのさ、あいつらは、もしかしたら、僕たちがグリンゴッツ破りをしたことに気づいたかもしれないぜ」

三人とも笑い出す。いったん笑いはじめると、止まらなかった。ハリーは笑いすぎて脇腹が痛くなり、おまけに空腹で頭がふらふらしたが、草に寝転び夕焼けの空を見上げてながら喉《のど》がかれるまで笑い続けた。

「でも、どうするつもり？」

ハーマイオニーはひくひく言いながら、やっと笑いやんで真顔になる。

「わかってしまうでしょうね？『例のあの人』に、私たちが分霊箱のことを知っていることが！」

「もしかしたら、やつらは怖くてあの人に言えないんじゃないか？」ロンが希望的観測を述べる。「もしかしたら、隠そうとするかも――」

そのとき、空も湖の水の匂いも、ロンの声もかき消え、ハリーは頭を刀で割られたような痛みに襲われた。

ハリーは薄明かりの部屋に立っている。目の前に魔法使いが半円状に並び、足元の床には小さな姿が震えながらひざまずいている。

「俺様《おれさま》になんと言った？」かん高く冷たい声が言う。頭の中は怒りと恐れで燃え上がっている。このことだけを恐れていた――しかし、まさかそんなことが。どうしてそんなことが……。

小鬼は、ずっと高みから見下ろしている赤い眼を見られず、震え上がっている。

「もう一度言え！」ヴォルデモートがつぶやくように言う。「言ってみろ！」

「わ――わが君」小鬼は恐怖で黒い目を見開き、つかえながら答える。「わ――わが君……我々は、ど――努力いたしました。あ――あいつらを、と――止めるために……に――偽者《にせもの》が、わが君……破りました――金庫をや――破って――レストレンジ家のき――金庫に……」

「偽者？ どんな偽者だ？ グリンゴッツは常に、偽者を見破る方法を持っていると思ったが？ 偽者はだれだ？」

「それは……それは……あのポ――ポッターのや――やつと、あとふ――二人の仲間で……」

「それで、やつらが盗んだ物は？」ヴォルデモートは声を荒らげる。恐怖がヴォルデモートを締めつけた。「言え！ やつらはなにを盗んだ？」

「ち……小さな――金のカ――カップです。わ――わが君……」

怒りのさけび、否定のさけびが、ヴォルデモートの口から他人の声のように漏《も》れる。ヴォルデモートは逆上し、荒れ狂う。そんなはずはない。不可能だ。知る者はだれもいないはずだ。どうしてあの小僧が、俺様《おれさま》の秘密を知ることができたのだ？

ニワトコの杖《つえ》が空を切り、緑の閃光《せんこう》が部屋中に走る。ひざまずいていた小鬼が、転がった。まわりで見ていた魔法使いたちは、怯《おび》え切って飛び退《の》き、ベラトリックスとルシウス・マルフォイは、ほかの者を押し退けて、真っ先に扉へと走る。ヴォルデモートの杖が何度も何度も振り下ろされ、逃げ遅れた者は、一人残らず殺された。こんな報《しら》せを俺様にもたらし、金のカップのことを聞いてしまったからには――。

屍《しかばね》の間を、ヴォルデモートは荒々しく往《い》ったりきたりする。頭の中に、次々に浮かぶイメージ。自分の宝、自分の護り、不死の碇《いかり》――日記帳は破壊され、カップは盗まれた。もしも、もしもあの小僧が、ほかの物も知っているとしたなら？　知っているのだろうか？　すでに行動に移したのか？　ほかの物も探し出したのか？　ダンブルドアがやつの陰にいるのか？　俺様をずっと疑っていたダンブルドア、俺様の命令で死んだダンブルドア、いまやその杖は俺様のものとなったというのに、ダンブルドアは恥ずべき死の向こうから手を伸ばし、あの小僧を通して、あの小僧め――。

　しかし、もしあの小僧が分霊箱《ぶんれいばこ》のどれかを破壊していたのなら、まちがいなく、このヴォルデモート卿《きょう》にはわかるはずだ。感じたはずではないか？　最も偉大なる魔法使いの俺様が、最も強大な俺様が、ダンブルドアを亡き者にし、ほかの名もない虫けらどもを数え切れないほど始末してくれたこの俺様が――そのヴォルデモート卿が、一番大切で尊い俺様自身が襲われ傷つけられることに、気づかぬはずがない。

　たしかに、日記帳が破壊されたときには感じなかった。しかしあれは、感じるべき肉体を持たず、ゴースト以下の存在だったからだ……いや、まちがいない。ほかの物は安全だ……ほかの分霊箱は手つかずだ……。

しかし、知っておかねばならぬ、確かめねば……。ヴォルデモートは部屋を往《い》ききしながら、小鬼の死体を蹴飛ばす。煮えくり返った頭に、ぼんやりとしたイメージが燃え上がる。湖、小屋、そしてホグワーツ……。

わずかの冷静さがいま、ヴォルデモートの怒りを鎮《しず》めている。あの小僧が、ゴーントの小屋に指輪が隠してあると知るはずがあろうか？　自分がゴーントの血筋であると知る者は、だれもいない。そのつながりは隠し通してきた。当時の殺人についても、この俺様《おれさま》が突き止められることはなかった。あの指輪は、まちがいなく安全だ。

それに、あの小僧だろうがだれであろうが、洞窟《どうくつ》のことを知ることも、守りを破ることもできはすまい？ロケットが盗まれると考えるのは、愚の骨頂だ……。

学校はどうだ。分霊箱《ぶんれいばこ》をホグワーツのどこに隠したかを知る者は、俺様ただ一人だ。自分だけがあの場所の、最も深い秘密を見抜いたのだから……。

それに、まだナギニがいる。これからは、身近に置かねばなるまい。もう俺様の命令を実行させるのはやめ、俺様の庇護《ひご》の下に置くのだ……。

しかし、確認のために、万全を期すために、それぞれの隠し場所にもどらねばならぬ。分霊箱の護りをさらに強化せねばなるまい……ニワトコの杖《つえ》を求めたときと同様、この仕事は俺様一人でやらねばならぬ……。

どこを最初に訪ねるべきか？　最も危険なのはどれだ？　昔の不安感が脳裏をかす

める。ダンブルドアは、俺様の二番目の姓を知っている……ダンブルドアがゴーントとの関係に気づいたかもしれぬ……隠し場所として、あの廃屋《はいおく》は、たぶん一番危ない。最初に行くべきは、あそこだ……。

湖、絶対に不可能だ……もっとも、ダンブルドアが孤児院を通じて、自分の過去の悪戯《いたずら》をいくつか知った可能性はわずかにはあるが。

それに、ホグワーツ……しかし、あそこの分霊箱は安全だとわかり切っている。ポッターが網にかからずしてホグズミードに入ることは不可能だし、ましてや学校はなおさらだ。万が一のためにスネイプに、小僧が城に潜入しようとするやもしれぬ、と警告しておくのが賢明かもしれぬ……小僧がもどってくる理由をスネイプに話すのは、むろん愚かしいことだ。ベラトリックスやマルフォイのやつらを信用したのは、重大な過ちだった。あいつらのばかさ加減と軽率さを見ればわかる。そもそも信用するなぞということ自体、いかに愚かしいことかを証明しているではないか？

まずは、ゴーントの小屋を訪ねるのだ。ナギニも連れていく。もはやこの蛇とは離れるべきではない……そしてヴォルデモートは荒々しく部屋を出て玄関ホールを通り抜け、噴水が水音を立てて落ちる暗い庭に出た。ヴォルデモートが蛇語で呼ぶ声に応《こた》えて、ナギニが長い影のようにするすると傍《かたわ》らに寄ってきた……。

ハリーは、自分を現実に引きもどし、ぱっと目を開ける。陽が沈みかけている。ハリーは湖のほとりに横たわっていた。ロンとハーマイオニーが、ハリーを見下ろしている。二人の心配そうな表情や、傷痕《きずあと》がずきずき痛み続けていることから考えると、突然ヴォルデモートの心の中に旅をしていたことが、二人に気づかれてしまったらしい。ハリーは、震えながらなんとか体を起こす。素肌まで濡れていることに意外にも驚く。目の前の草の上には、なにも知らぬげに金のカップが転がり、深い青色の湖は、沈む太陽の金色に彩られている。

「『あの人』は知っている」

ヴォルデモートのかん高いさけびのあとでは、自分の声の低さを不思議に思う。

「あいつは知っているんだ。そして、ほかの分霊箱《ぶんれいばこ》を確かめにいく。それで、最後の一個は」ハリーはもう立ち上がっていた。「ホグワーツにある。そうだと思っていた。そうだと思っていたんだ」

「えっ？」

ロンはぽかんとハリーを見つめ、ハーマイオニーは膝《ひざ》立ちして心配そうな顔でいる。

「なにを見たの？　なぜ、それがわかったの？」

「あいつが、カップのことを聞かされる様子を見た。僕は――僕はあいつの頭の中にいて、あいつは――」ハリーは殺戮《さつりく》の場面を思い出す。「あいつは本気で怒っていた。それに、恐れていた。どうして僕たちが知ったのかを、あいつは理解できない。それで、これからほかの分霊箱が安全かどうか、調べにいくんだ。最初は指輪。あいつは、ホグワーツにある品が一番安全だと思っている。スネイプがあそこにいるし、見つからずに入り込むことはとても難しいだろうから。あいつはその分霊箱を最後に調べると思う。それでも、数時間のうちにはそこに行くだろう――」

「ホグワーツのどこだか、見たか？」ロンも急いで立ち上がりながら、聞く。

「いや。スネイプに警告するほうに意識を集中していて、正確にどこにあるかは思い浮かべていなかった――」

「待って、待ってよ！」

ロンが分霊箱を取り上げ、ハリーがまた「透明マント」を引っ張り出すと、ハーマイオニーがさけんだ。

「ただ行くだけじゃだめよ。なんの計画もないじゃないの。私たちに必要なのは――」

「僕たちに必要なのは、進むことだ」ハリーがきっぱりと言う。ハリーは眠りたかった。新しいテントに入るのを楽しみにしていた。しかしもうそれはできない。

「指輪とロケットがなくなっていることに気づいたら、あいつがなにをするか想像できるか？　ホグワーツの分霊箱《ぶんれいばこ》はもう安全ではないと考えて、どこかに動かしてしまったらどうなる？」

「だけど、どうやって入り込むつもり？」

「ホグズミードに行こう」ハリーが言う。「そして、学校の周囲の防衛がどんなものかを見てから、なんとか策を考える。ハーマイオニー、『透明マント』に入って。今度はみんな一緒に行きたいんだ」

「でも、入り切らないし――」

「暗くなるよ。だれも、足なんかに気づきやしない」

暗い水面《みなも》に翼の音が大きく響いた。心行くまで水を飲んだドラゴンが、ふたたび空に舞い上がる。三人は支度の手を止め、次第に高く舞い上がっていくドラゴンを眺める。急速に暗くなる空を背景に飛ぶ黒い影のようなドラゴンが近くの山の向こうに消えるまで、三人はその姿を見送っていた。それからハーマイオニーが進み出て、二人の真ん中に立つ。ハリーはできるかぎり下までマントを引っ張り、それから三人一緒にその場で回転して、押しつぶされるような暗闇へと入っていった。

第28章　鏡の片割れ

ハリーの足が道路に触れた。胸が痛くなるほど懐かしいホグズミードの大通りが目に入る。暗い店先、村の向こうには山々の黒い稜線、道の先に見えるホグワーツへの曲り角、「三本の箒《ほうき》」の窓から漏《も》れる明かり。そして、ほぼ一年前、絶望的に弱ったダンブルドアを支えてここに降り立ったときのことが細部まで鮮明に思い出されて、ハリーは心が揺すぶられる。降り立った瞬間に、そうしたすべての想いが一度に押し寄せる――しかしそのとき――ロンとハーマイオニーの腕をつかんでいた手を緩めた、まさにそのときに事は起こった。

ギャーッというさけび声が空気を切り裂く。カップを盗まれたと知ったときの、ヴォルデモートのさけびのような声。神経という神経を逆撫《さかな》でされるようなさけび。三人が現れたことが引き金になったようだ。マントに隠れたほかの二人を振り返る間に、「三本の箒」の入口が勢いよく開き、フードをかぶったマント姿の死喰い人が十数人、杖《つえ》を構えて道路に躍り出る。

杖を上げるロンの手首を、ハリーは押さえる。失神させるには相手が多すぎる。呪文を発するだけで、敵に居所を教えてしまうことになる。死喰い人の一人が杖を振ると、さけび声はやんだが、まだ遠くの山々にこだまし続けている。

「アクシオ！　透明マントよ、こい！」死喰い人が大声で唱える。

ハリーはマントの襞《ひだ》をしっかりつかむが、マントは動く気配さえない。「呼び寄せ呪文」は、「透明マント」には効かない。

「かぶり物はなしということか、え、ポッター？」

呪文をかけた死喰い人がさけび、仲間に指令を出す。

「散れ、やつはここにいる」

死喰い人が六人、ハリーたちに向かって走ってくる。ハリー、ロン、ハーマイオニーは急いで後退し、近くの脇道に入った。死喰い人たちは、そこからあと十数センチというところを通り過ぎていく。三人が暗闇にじっと身を潜めていると、死喰い人の走り回る足音が聞こえ、捜索の杖灯《つえあか》りが通りを飛び交うのが見える。

「このまま逃げましょう！」ハーマイオニーがささやく。「すぐに『姿くらまし』しましょう！」

「そうしよう」ロンも賛成する。

ハリーが答えを言う前に、一人の死喰い人がさけんだ。

「ここにいるのはわかっているぞ、ポッター。逃げることはできない。おまえを見つけ出してやる！」

「待ち伏せされていた」ハリーがささやく。「僕たちがくればわかるように、あの呪文が仕掛けてあったんだ。僕たちを足止めするためにも、なにか手が打ってあると思う。袋のねずみに——」

「『吸魂鬼』はどうだ？」別の死喰い人がさけんだ。「やつらの好きにさせろ。やつらなら、ポッターをたちまち見つける！」

「闇の帝王は、ほかのだれでもなく、ご自身の手でポッターを始末なさりたいのだ——」

「——吸魂鬼はやつを殺しはしない！　闇の帝王がお望みなのはポッターの命だ。魂ではない。まず吸魂鬼にキスさせておけば、ますます殺しやすいだろう！」

口々に賛成する声が聞こえる。ハリーは恐怖に駆られる。吸魂鬼を撃退するためには守護霊《しゅごれい》を創り出さなければならない。そうすれば、たちまち三人の居場所がわかってしまう。

「とにかく『姿くらまし』しましょう、ハリー！」ハーマイオニーがささやく。

その言葉が終わらないうちに、ハリーは通りに忍び込む不自然な冷気を感じた。周囲の明かりは吸い取られ、星までもが消えている。真っ暗闇の中で、ハーマイオニーが自分の手を取るのを感じる。三人はその場で回転した。

通り抜けるべき空間の空気が、固まってしまったみたいだ。「姿くらまし」はできない。死喰い人のかけた呪文は、見事に効いている。冷たさがハリーの肉に、次第に深く食い込んでくる。ハリーたち三人は、手探りで壁を伝いながら、音を立てないように脇道を奥へ奥へと入り進む。すると脇道の入口から、音もなく滑りながらやってくる吸魂鬼が見えた。十体、いやもっとたくさんいる。周囲の暗闇よりもさらに濃い黒でそれとわかる吸魂鬼は、黒いマントをかぶり、かさぶたに覆われた腐った手を見せている。周辺に恐怖感があると、それを感じ取るのだろうか？　ハリーはきっとそうだと思う。さっきより速度を上げて近づいてくるようだ。ハリーの大嫌いな、あのガラガラという息を長々と吸い込み、あたりを覆う絶望感を味わいながら、吸魂鬼が迫ってくる――。

ハリーは杖《つえ》を上げた。あとはどうなろうとも、吸魂鬼のキスだけは受けられない。受けるものか。ハリーが小声で呪文を唱える際に思い浮かべていたのは、ロンとハーマイオニーのことだ。

「エクスペクト・パトローナム！　守護霊《しゅごれい》よ、きたれ！」

銀色の牡鹿《おじか》が、ハリーの杖から飛び出して突撃した。吸魂鬼は蹴散らされたが、どこか見えないところから勝ち誇ったさけび声が上がった。

「やつだ。あそこだ、あそこだ。あいつの守護霊を見たぞ。牡鹿だ！」

吸魂鬼は後退し、星がふたたび瞬《またた》きはじめる。死喰い人たちの足音が次第に大きくなる。恐怖と衝撃で、ハリーがどうすべきか決めかねていると、近くで閂《かんぬき》を外す音に続いて狭い脇道の左手の扉が開いた。そしてがさがさした声が呼ぶ。

「ポッター、こっちへ、早く！」

ハリーは迷わず従った。三人は開いた扉から中に飛び込む。

「二階に行け。『マント』はかぶったまま。静かにしていろ！」

背の高いだれかが、そうつぶやきながら三人の横を通り抜けて外に出ていき、背後で扉をバタンと閉めた。

ハリーにはどこなのかまったくわからなかったが、明滅する一本の蝋燭《ろうそく》の明かりであらためて見ると、そこは、おが屑《くず》の撒《ま》き散らされた汚らしい「ホッグズ・ヘッド」のバーだった。三人はカウンターの後ろに駆け込み、もう一つ別の扉を通って、ぐらぐらした木の階段を急いで上る。階段の先は、すり切れたカーペットの敷かれた居間だ。小さな暖炉があり、その上にブロンドの少女の大きな油絵が一枚掛かっている。少女はどこか虚ろな優しい表情で、部屋を見つめている。

下の通りでわめく声が聞こえてくる。「透明マント」をかぶったまま、三人は、埃《ほこり》でべっとり汚れた窓に忍び寄り、下を見る。救い主は――ハリーにはもう、「ホッグズ・ヘッド」のバーテンだとわかっていたが――ただ一人だけフードをかぶっていない。

「それがどうした？」

バーテンは、フード姿の一人に向かって大声を上げている。

「それがどうしたって言うんだ？　おまえたちがおれの店の通りに吸魂鬼を送り込んだから、おれは守護霊《しゅごれい》をけしかけたんだ！　あいつらにこのまわりをうろつかれるのはごめんだ、そう言ったはずだぞ。あいつらはお断りだ！」

「あれは貴様の守護霊じゃなかった！」死喰い人の一人が言う。「牡鹿《おじか》だった。あれはポッターのだ！」

「牡鹿！」バーテンはどなり返して杖《つえ》を取り出す。「牡鹿！　このばか――エクスペクト・パトローナム！　守護霊よ、きたれ！」

杖からなにか大きくて角のあるものが飛び出し、頭を低くしてハイストリート大通りに突っ込み、姿が見えなくなった。

「おれが見たのはあれじゃない――」

そう言いながらも、死喰い人は少し自信をなくした口調になる。

「夜間外出禁止令が破られた。あの音を聞いたろう」仲間の死喰い人がバーテンに告げる。「だれかが規則を破って通りに出たんだ――」

「猫を外に出したいときには、おれは出す。外出禁止なんて糞食《くそく》らえだ！」

「『夜鳴《よな》き呪文』を鳴らしたのは、貴様か？」

「鳴らしたがどうした？　むりやりアズカバンに引っ張るか？　自分の店の前に顔を突き出した咎《とが》で、おれを殺すか？　やりたきゃやれ！　だがな、おまえたちのために言うが、けちな闇の印を押して、『あの人』を呼んだりしてないだろうな。呼ばれてきてみれば、おれと年寄り猫一匹じゃ、お気に召さんだろうよ。さあ、どうだ？」

「よけいなお世話だ」死喰い人の一人が言い返す。「貴様自身のことを心配しろ。夜間外出禁止令を破りやがって！」

「それじゃぁ、おれのパブが閉鎖になりゃ、おまえたちの薬や毒薬の取引はどこでする気だ？　おまえたちの小遣い稼ぎはどうなるかねぇ？」

「脅す気か――？」

「おれは口が固い。だから、おまえたちはここにくるんだろうが？」

「おれはまちがいなく牡鹿の守護霊を見た！」最初の死喰い人が言い募る。

「牡鹿だと？」バーテンが吠《ほ》え返す。「ヤギだ、ばかめ！」

「まあ、いいだろう。おれたちのまちがいだ」二人目の死喰い人が割って入った。

「今度外出禁止令を破ってみろ、この次はそう甘くはないぞ！」

死喰い人たちは鼻息も荒く、大通りへもどっていく。ハーマイオニーは、ほっとしてうめき声を上げ、ふらふらと「マント」から出て、脚のがたついた椅子にどさりと腰を下ろす。ハリーはカーテンをきっちり閉めてから、ロンと二人でかぶっていた「マント」を脱ぐ。階下でバーテンが入口の閂《かんぬき》を閉めなおし、階段を上がってくる音が聞こえる。

ハリーは、マントルピースの上にある物に気を取られた。少女の絵の真下に、小さな長方形の鏡が立てかけてある。

バーテンが部屋に入ってきた。

「とんでもないばか者どもだ」三人を交互に見ながら、バーテンがぶっきらぼうに言い捨てる。「のこのこやってくるとは、どういう了見だ?」

「ありがとうございました」ハリーが礼を言う。「お礼の申し上げようもありません。命を助けてくださって」

バーテンは、ふんと鼻を鳴らす。ハリーはバーテンに近づき、針金色のぱさついた長髪とひげに隠れた顔を見分けるように、じっと覗き込む。バーテンはメガネをかけている。汚れたレンズの奥に、人を見通すような明るいブルーの目があった。

「僕がいままで鏡の中に見ていたのは、あなたの目だ」

部屋の中がしんとなる。ハリーとバーテンは見つめ合う。

「あなたがドビーを遣《つか》わしてくれたんだ」

バーテンはうなずき、妖精を探すようにあたりを見る。

「あいつが一緒だろうと思ったんだが。どこに置いてきた？」

「ドビーは死にました」ハリーが告げる。「ベラトリックス・レストレンジに殺されました」

バーテンは無表情のままだ。しばらくしてバーテンが言う。

「それは残念だ。あの妖精が気に入っていたのに」

バーテンは三人に背を向け、だれの顔も見ずに、杖《つえ》で小突《こづ》いてランプに灯を点《とも》した。

「あなたはアバーフォースですね」ハリーがその背中に向かってたずねる。

バーテンは肯定も否定もせずに、かがんで暖炉に火を点《つ》けた。

「これを、どうやって手に入れたのですか？」ハリーは、シリウスの「両面鏡」に近づきながら聞く。ほぼ二年前にハリーが壊した鏡と、対をなす鏡だ。

「ダングから買った。一年ほど前だ」アバーフォースが答える。「アルバスから、これがどういうものかを聞いていたんだ。ときどき君の様子を見るようにしてきた」

ロンが息を呑《の》んだ。

「銀色の牝鹿《めじか》！」ロンが興奮してさけぶ。「あれもあなただったのですか？」

「いったいなんのことだ？」アバーフォースが問いかける。

「だれかが、牝鹿《めじか》の守護霊《しゅごれい》を僕たちに送ってくれた！」

「それだけの脳みそがあれば、ふん、死喰い人になれるかもしれんな。たったいま、おれの守護霊はヤギだと証明してみせただろうが？」

「あっ」と、ロン。「そうか……あのさ、僕、腹ぺこだ！」

ロンは、胃袋がぐーっと大きな音を立てたのを弁解するように、つけ加えた。

「食い物はある」アバーフォースはすっと部屋を抜け出し、大きなパンの塊《かたまり》とチーズ、蜂蜜酒の入った錫製《すずせい》の水差しを手にほどなくもどってきて、暖炉前の小さなテーブルに置く。三人は貪《むさぼ》るように飲み、かつ食べた。しばらくは、暖炉の火が爆《は》ぜる音とゴブレットの触れ合う音や物を噛《か》む音だけが部屋を占めた。

「さて、それじゃあ――」

三人がたらふく食い、ハリーとロンが、眠たそうに椅子に座り込むと、アバーフォースが口を開いた。

「君たちをここから出す手立てを考えないといかんな。夜はだめだ。暗くなってから外に出たらどうなるか、聞いていただろう。『夜鳴《よな》き呪文』が発動して、連中は、ドクシーの卵に飛びかかるボウトラックルのように襲ってくるだろう。牡鹿《おじか》をヤギと言いくるめるのも、二度目はうまくいくとは思えん。明け方まで待て。夜間外出禁止令が解けるから、そのときにまた『マント』をかぶって、歩いて出発しろ。まっすぐホグズミードを出て、山に行け。そこからなら『姿くらまし』できるだろう。ハグリッドに会うかもしれん。あいつらに捕まりそうになって以来、グロウプと一緒にあその洞穴《ほらあな》に隠れている」

「僕たちは逃げません」ハリーが言う。「ホグワーツに行かなければなりません」

「ばかを言うんじゃない」アバーフォースが反対する。

「そうしなければならないんです」

「君がしなければならんのは」アバーフォースは身を乗り出して言い募る。「ここから、できるだけ遠ざかることだ」

「あなたにはわからないことです。あまり時間がない。僕たちは、城に入らないといけないんだ。ダンブルドアが――あの、あなたのお兄さんが――僕たちにそうして欲しいと――」

暖炉の火が、アバーフォースのメガネの汚れたレンズを、一瞬曇らせ、明るい白一色にする。ハリーは巨大蜘蛛《ぐも》のアラゴグの盲《めし》いた目を思い出す。

「兄のアルバスは、いろんなことを望んだ」アバーフォースが諭《さと》すように言う。「そして、兄が偉大な計画を実行しているときには、決まってほかの人間が傷ついたものだ。ポッター、学校から離れるんだ。できれば国外に行け。おれの兄の、賢い計画なんぞ忘れっちまえ。兄はどうせ、こっちのことでは傷つかないところに行ってしまったし、君は兄に対してなんの借りもない」

「あなたには、わからないことです」ハリーはもう一度繰り返す。

「わからない？」アバーフォースは静かに反論する。「おれが、自分の兄のことを理解していないと思うのかね？　おれよりも君のほうが、アルバスのことをよく知っているとでも？」

「そういう意味ではありません」ハリーが言う。疲労と、食べすぎ飲みすぎで、頭が働かなくなっている。「つまり……ダンブルドアは僕に仕事を遺《のこ》しました」

「へえ、そうかね？」アバーフォースが言う。「いい仕事だといいが？　楽しい仕事か？　簡単か？　半人前の魔法使いの小僧が、あまりむりをせずにできるような仕事なんだろうな？」

ロンはかなり不愉快そうに笑い、ハーマイオニーは緊張した面持ちでいる。

「僕は――いいえ、簡単な仕事ではありません」ハリーが答える。「でも、僕には義務が――」

「『義務』？　どうして『義務』なんだ？　兄は死んでいる。そうだろうが？」アバーフォースが荒々しく声を上げる。「忘れるんだ。いいか、兄と同じところに行っちまう前に！　自分を救うんだ！」

「できません」

「なぜだ？」

「僕――」ハリーは胸が一杯になる。説明できない。代わりにハリーは反撃に出る。「でも、あなたも戦っている。あなたも『騎士団《きしだん》』のメンバーだ――」

「だった」アバーフォースが訂正する。「『不死鳥の騎士団』はもうおしまいだ。『例のあの人』の勝ちだ。もう終わった。そうじゃないとぬかすやつは、自分をだましている。ポッター、ここは君にとってけっして安全ではない。ヴォルデモートは、執拗に君を求めている。国外に逃げろ。隠れろ。自分を大切にするんだ。この二人も一緒に連れていくほうがいい」

アバーフォースは親指をぐいと突き出して、ロンとハーマイオニーを指した。

「この二人が君と一緒に行動していることは、すでにだれもが知っている。だから、生きているかぎり二人とも危険だ」

「僕は行けない」ハリーが言い張る。「僕には仕事がある――」

「だれかほかの人間にまかせろ！」

「できません。僕でなければならない。ダンブルドアがすべて説明してくれた――」

「ほう、そうかね？　それで、なにもかも話してくれたかね？　君に対して正直だったかね？」

「そうだ」と、ハリーは心底言いたかった。しかし、なぜかその簡単な言葉が口を突いて出ない。アバーフォースは、ハリーの思いを知っているようだ。

「ポッター、おれは兄を知っている。秘密主義を母親の膝《ひざ》で覚えたのだ。秘密と嘘をな。おれたちはそうやって育った。そしてアルバスには……天性のものがあった」

老人の視線が、マントルピースの上に掛かっている少女の絵に移る。あらためて見回してみると、部屋にはその絵しかない。アルバス・ダンブルドアの写真もなければ、ほかのだれの写真もない。

「ダンブルドアさん？」ハーマイオニーが遠慮がちに聞く。「あれは妹さんですか？アリアナ？」

「そうだ」アバーフォースは素気なく答える。「娘さん、リータ・スキーターを読んだのか？」

暖炉のバラ色の明かりの中でもはっきり見分けられるほど、ハーマイオニーは真っ赤になる。

「エルファイアス・ドージが、妹さんのことを話してくれました」ハリーはハーマイオニーに助け舟を出す。

「あのしょうもないばかが……」

アバーフォースはぶつぶつ言いながら、蜂蜜酒をまたぐいとあおる。

「おれの兄の、毛穴という毛穴から太陽が輝くと思っていたやつだ。まったく。まあ、そう思っている連中はたくさんいる。どうやら、君たちもその類のようだな」

ハリーは黙っていた。ここ何か月もの間、自分を迷わせてきたダンブルドアに対する疑いや確信のなさを、口にしたくはない。ドビーの墓穴を掘りながら、ハリーの選び取った結論だ。アルバス・ダンブルドアの示す曲りくねった危険な道をたどり続けると決心し、自分の知りたかったことのすべてを話してもらってはいないということも受け入れ、ただひたすら信じることに決めたのだ。ふたたび疑いたくはない。目的から自分を逸《そ》らそうとするものには、いっさい耳を傾けたくはない。ハリーは、アバーフォースの目を見つめ返した。驚くほどその兄のまなざしに似ている。明るいブルーの目は、やはり、相手をX線で透視しているような印象を与える。アバーフォースはハリーの考えを見通し、そう考えるハリーを軽蔑していることだろう。

「ダンブルドア先生は、ハリーのことをとても気にかけていました」

ハーマイオニーがそっと言う。

「へえ、そうかね?」アバーフォースが返す。「おかしなことに、兄がとても気にかけた相手の多くは、結局、むしろ放っておかれたほうがよかった、と思われる状態になる」

「どういうことでしょう?」ハーマイオニーが小さな声で聞く。

「気にするな」アバーフォースが拒絶する。

「でも、いまおっしゃったことは、とても深刻なことだわ！」ハーマイオニーが言う。「それ――それは、妹さんのことですか？」

アバーフォースは、ハーマイオニーを睨《にら》みつける。出かかった言葉を噛《か》み殺しているように唇が動き、そして、堰《せき》を切ったように話しはじめる。

「妹は六つのときに、三人のマグルの少年に襲われ、乱暴された。妹が魔法を使っているところを、やつらは裏庭の垣根からこっそり覗いていたんだ。妹はまだ子供で、魔法力を制御できなかった。その年では、どんな魔法使いだってできはせん。たぶん、見ていた連中は怖くなったのだろう。植え込みを押し分けて入ってきた。もう一度やれと言われても、妹は魔法を見せることができなかった。それでやつらは、風変わりなチビに変なまねをやめさせようと図に乗った」

暖炉の明かりの中で、ハーマイオニーの目は大きく見開かれている。ロンは少し気分が悪そうな顔だ。アバーフォースが立ち上がる。兄のアルバス同様背の高いアバーフォースは、怒りと激しい心の痛みで、突然、恐ろしい形相になった。

「妹はめちゃめちゃになった。やつらのせいで。二度と元にはもどらなかった。魔法を使おうとはしなかったが、魔法力を消し去ることはできなかった。魔法力が内にこもり、妹を狂わせる。自分で抑えられなくなると、その力が内側から爆発した。妹はときどきおかしくなり、危険になった。しかしいつもは優しく、怯《おび》えていて、だれにも危害を加えることはなかった」

「そして父は、そんなことをしたろくでなしを追い――」アバーフォースが話を続ける。「そいつらを攻撃した。父はそのためにアズカバンに閉じ込められてしまった。攻撃した理由を、父はけっして口にしなかった。魔法省がアリアナの状態を知ったら、妹は、聖マンゴに一生閉じ込められることになっただろう。アリアナのように精神不安定で、抑え切れなくなるたびに魔法を爆発させるような状態は、魔法省から、『国際機密保持法』を著しく脅かす存在とみなされたにちがいない」

「家族は、妹をそっと安全に守ってやらなければならなかった。おれたちは引っ越し、アリアナは病気だと言いふらした。母は妹の面倒をみて、安静に幸せに過ごさせようとした」

「妹のお気に入りは、おれだった」そう言ったとき、もつれたひげに隠れたしわだらけのアバーフォースの顔から、泥んこの悪童が顔を覗かせた。

「アルバスじゃない。あいつは家に帰ると、自分の部屋にこもり切りで、本を読んだりもらった賞を数えたり、『当世の最も著名な魔法使いたち』と手紙のやり取りをするばかりだった」アバーフォースはせせら笑う。「あいつは、妹のことなんかかかわり合いになりたくなかったんだ。妹はおれのことが一番好きだった。母が食べさせようとしてもいやがる妹に、おれなら食べさせることができた。アリアナが発作を起こして激怒しているときに、おれならなだめることができた。状態が落ち着いているときは、おれがヤギに餌《えさ》をやるのを手伝ってくれた」

「妹が十四歳のとき……いや、おれはその場にいなかった」アバーフォースが言う。「おれがいたならば、なだめることができたのに。妹がいつもの怒りの発作を起こしたが、母はもう昔のように若くはなかった。それで……事故だったんだ。アリアナには抑えることができなかった。そして、母は死んだ」

ハリーは哀れみと嫌悪感の入り交じる、やり切れない気持ちになる。それ以上聞きたくなかった。しかしアバーフォースは話し続ける。アバーフォースが最後にこの話をしたのはいつのことだろう、いや、一度でも話したことがあるのだろうか、とハリーは訝《いぶか》る。

「そこで、アルバスの、あのドジなドージとの世界一周旅行は立ち消えになった。母の葬儀のために、二人は家にやってきた。そのあと、ドージだけが出発し、アルバスは家長として落ち着いたってわけだ。ふん！」

アバーフォースは、暖炉の火に唾を吐《は》く。

「おれなら、妹の面倒をみてやれたんだ。おれは、あいつにそう言った。学校なんてどうでもいい。家にいて、面倒をみるってな。兄は、おれが最後まで教育を受けるべきだ、自分が母親から引き継ぐ、とのたもうた。『秀才殿』も落ちぶれたものよ。心を病んだ妹の面倒をみたところで、一日おきに妹が家を吹っ飛ばすのを阻止したところで、なんの賞ももらえるものか。しかし兄は、数週間はなんとかかんとかやっていた……やつがくるまでは」

アバーフォースの顔に、今度こそまちがいなく危険な表情が浮かぶ。

「グリンデルバルドだ。そして兄はやっと、自分と同等な話し相手に出会った。自分同様優秀で、才能豊かな相手だ。すると、アリアナの面倒をみることなんぞ二の次になった。二人は新しい魔法界の秩序の計画を練ったり、『秘宝』を探したり、ほかにも興味の趣くままのことをした。すべての魔法族の利益のための壮大な計画だ。一人の少女がないがしろにされようが、アルバスが『より大きな善のため』に働いているなら、なんの問題があろう？」

「しかし、それが数週間続いたとき、おれはもうたくさんだと思った。ああ、そうだとも。おれのホグワーツにもどる日が間近に迫っていた。だから、おれは二人に言った。二人に面と向かって言ってやった。ちょうどいまおれが君に話しているように」

そしてアバーフォースはハリーを見下ろした。兄と対決する屈強な怒れる十代のアバーフォースを、容易に想像できる姿だ。

「おれは兄に言った。すぐにやめろ。妹を動かすことはできない。動かせる状態じゃない。どこに行こうと計画しているかは知らないが、おまえに従う仲間を集めるための小賢《こざか》しい演説に、妹を連れていくことはできないと、そう言ってやった。兄は気を悪くした」

メガネがまた暖炉の火を反射して白く光り、アバーフォースの目が一瞬遮《さえぎ》られる。

「グリンデルバルドは、気を悪くするどころではなかった。やつは怒った。ばかな小童《こわっぱ》だ、自分と優秀な兄との行く手を邪魔しようとしている。やつはそう言った……自分たちが世界を変えれば、そして隠れている魔法使いを表舞台に出し、マグルに身のほどを知らせてやれば、おれの哀れな妹を隠しておく必要もなくなる。それがわからないのか？　とそう言った」

「口論になった……そしておれは杖《つえ》を抜き、やつも抜いた。兄の親友ともあろう者が、おれに『磔《はりつけ》の呪文』をかけたのだ――アルバスはあいつを止めようとした。それからは三つ巴《どもえ》の争いになり、閃光《せんこう》が飛び、バンバン音がして、妹は発作を起こした。アリアナには耐えられなかったのだ――」

アバーフォースの顔から、まるで瀕死《ひんし》の重傷を負ったように血の気が失せていく。

「――だから、アリアナは助けようとしたのだと思う。しかし自分がなにをしているのか、アリアナにはよくわかっていなかったのだ。そして、だれがやったのかはわからないが——三人ともその可能性はあった——妹は死んだ」

最後の言葉は泣き声になり、アバーフォースは傍《かたわ》らの椅子にがっくりと座り込む。ハーマイオニーの顔は涙に濡れ、ロンは、アバーフォースと同じくらい真っ青になっている。ハリーは、激しい嫌悪感以外なにも感じられない。聞かなければよかった。聞いたことを、きれいさっぱり洗い流してしまいたかった。

「本当に……本当にお気の毒」ハーマイオニーがささやく。

「逝《い》ってしまった」アバーフォースがかすれ声で言う。「永久に逝ってしまった」

アバーフォースは袖口《そでぐち》で洟《はな》を拭《ぬぐ》い、咳《せき》ばらいをする。

「もちろん、グリンデルバルドのやつは、急いでずらかった。自国で前科のあるやつだから、アリアナのことまで自分の咎《とが》にされたくなかったんだ。そしてアルバスは自由になった。そうだろうが？　妹という重荷から解放され、自由に、最も偉大な魔法使いになる道を——」

「先生はけっして自由ではなかった」ハリーが口を挟む。

「なんだって？」アバーフォースが問いかける。

「けっして」ハリーが言った。「あなたのお兄さんは、亡くなったあの晩、魔法の毒薬を飲み、幻覚を見ました。さけび出し、その場にいないだれかに向かって懇願しました。『あの者たちを傷つけないでくれ、頼む……代わりにわしを傷つけてくれ』

ロンとハーマイオニーは、目をみはってハリーを見る。湖に浮かぶ島で起こったことについては、ハリーは一度も詳しく話していない。ハリーとダンブルドアがホグワーツにもどってからの一連の出来事の大きさが、その直前の出来事を完全に覆い隠してしまっていた。

「ダンブルドアは、あなたとグリンデルバルドのいる、昔の場面にもどったと思ったんだ。きっとそうだ」ハリーはダンブルドアのうめきと、すがるような言葉を思い出しながら続けた。「先生は、グリンデルバルドが、あなたとアリアナとを傷つけている幻覚を見ていたんだ……それが先生にとっては拷問だったんだ。あのときのダンブルドアをあなたが見ていたら、自由になったなんて言わないはずだ」

アバーフォースは、節くれだって血管の浮き出た両手を見つめて、想いにふけっているようだ。しばらくして、アバーフォースが口を開く。

「ポッター、確信があるのか？　おれの兄が、君自身のことより、より大きな善のほうに関心があったとは思わんのか？　おれの小さな妹と同じように、君が使い捨てにされているとは思わんのか？」

冷たい氷が、ハリーの心臓を貫くような気がする。

「そんなこと信じないわ。ダンブルドアはハリーを愛していたわ」ハーマイオニーが言う。

「それなら、どうして身を隠せと言わんのだ?」アバーフォースが切り返す。「ポッターに、自分を大事にしろ、こうすれば生き残れる、となぜ言わんのだ?」

「なぜなら」ハーマイオニーより先に、ハリーが答えていた。「ときには、自分自身の安全よりも、それ以上のことを考える必要がある! ときには、より大きな善のことを考えなければならない! これは戦いなんだ!」

「君はまだ十七歳なんだぞ!」

「僕は成人だ。あなたがあきらめたって、僕は戦い続ける!」

「だれがあきらめたと言った?」

「『不死鳥の騎士団はもうおしまいだ』」ハリーが繰り返す。「『例のあの人の勝ちだ。もう終わった。そうじゃないと言うやつは、自分をだましている』」

「それでいいと言ったわけじゃない。しかし、それが本当のことだ!」

「ちがう」ハリーが断言する。「あなたのお兄さんは、どうすれば『例のあの人』の息の根を止められるかを知っていた。そして、その知識を僕に引き渡してくれた。僕は続ける。やり遂げるまで――でなければ、僕が倒れるまでだ。どんな結末になるかを、僕が知らないなんて思わないでください。僕にはもう、何年も前からわかっていたことなんです」

ハリーはアバーフォースが嘲《あざけ》るか、それとも反論するだろうと待ち構えたが、どちらでもなかった。アバーフォースはただ、顔をしかめている。

「僕たちは、ホグワーツに入らなければならないんです」ハリーがあらためて言う。「もし、あなたに助けていただけないのなら、僕たちは夜明けまで待って、あなたにはご迷惑をかけずに自分たちで方法を見つけます。もし助けていただけるなら――そうですね、いますぐ、そう言っていただけるといいのですが」

アバーフォースは椅子に座ったまま動かず、驚くほど兄と瓜二つの目で、ハリーをじっと見つめている。やがて咳《せき》ばらいをして、アバーフォースはついと立ち上がり、小さなテーブルを離れてアリアナの肖像画に向かって歩いていく。

「おまえは、どうすればよいかわかっているね」アバーフォースが声をかける。

アリアナはほほえみ、後ろを向いて歩きはじめる。肖像画に描かれた人たちが普通するように、額縁の縁から出ていくのではなく、背後に描かれた長いトンネルに入っていくような感じだ。か細い姿が次第に遠くなり、ついに暗闇に呑《の》み込まれてしまうまで、ハリーたちはアリアナを見つめていた。

「あのぅ――これは――？」ロンがなにか言いかける。

「入口はいまや唯一つ」アバーフォースが言う。「やつらは、昔からの秘密の通路を全部押さえていて、その両端を塞いだ。学校と外とを仕切る壁の周囲は吸魂鬼が取り巻き、おれの情報網によれば、校内は定期的に見張りが巡回している。あの学校がこれほど厳重に警備されたことは、いまだかつてない。中に入れたとしても、スネイプの指揮の下、カロー兄妹《きょうだい》が副指揮官だ。そんなところで、君たちになにができるのやら……まあそれは、そっちが心配することだな？　君は死ぬ覚悟があると言った」

「でも、どういうこと……？」

アリアナの絵を見て顔をしかめながら、ハーマイオニーが言う。

絵に描かれたトンネルの向こう側に、ふたたび白い点が現れ、アリアナが今度はこちらに向かって歩いてくる。近づくにつれて、次第に姿が大きくなる。さっきとちがって、アリアナよりも背の高いだれかを連れている。足を引きずりながらも、興奮した足取りだ。その男の髪はハリーの記憶よりもずっと長く伸び、顔には何か所も切り傷が見える。服は引き裂かれて破れていた。二人の姿は徐々に大きくなり、ついに顔と肩で画面が埋まるほどになった。そして、その画面全部が壁の小さな扉のようにパッと前に開き、本物のトンネルの入口が現れた。その中から、伸び放題の髪に傷を負った顔、引き裂かれた服の、本物のネビル・ロングボトムが這《は》い出してきた。ネビルは大きな歓声を上げながら、マントルピースから飛び降りてさけぶ。

「君がくると信じていた！　僕は信じていた！　ハリー！」

本書は単行本二〇〇八年七月（静山社刊）、
携帯版二〇一〇年十二月（静山社刊）を
四分冊にした「3」です。

装画　おとないちあき
装丁　坂川事務所

ハリー・ポッター文庫19
ハリー・ポッターと死の秘宝〈新装版〉7-3

2022年11月1日　第1刷発行

作者　J.K.ローリング
訳者　松岡佑子
発行者　松岡佑子
発行所　株式会社静山社
〒102-0073　東京都千代田区九段北1-15-15
電話 03-5210-7221
https://www.sayzansha.com
印刷・製本　中央精版印刷株式会社

ISBN978-4-86389-698-7 Printed in Japan
Published by Say-zan-sha Publications Ltd.